五十歲，第十本書。獻給沒有放棄的瞿欣怡。

人生中途週記簿

Growth Weekly

瞿欣怡

推薦序　宇宙中有這樣的幸福

◎王小棣（導演）

你看過六、七歲的小朋友認真講這件事嗎？眼睛發亮，鏗鏘有力，虛實參半但誠心嚮往。

再高齡再滄桑的人聽著都為之融化。

我看小貓的文字常常有類似的感覺，也可能是因為我認識她的時候她真也就是個亢奮的二十出頭的大孩子，手忙腳亂的也總想為朋友做點什麼，興致高昂又隱隱不安，口沫橫飛說著酒杯和高跟鞋的時候，可能真的想整理的是童年和焦慮。

寫這本週記簿的小貓已經長大了，這個寫作計畫把她整理跟了解自己變成了很認真的一件事，雖然知道貼身照顧日漸失智的母親和回看當年病痛纏身的父親是耗盡天真刻骨銘心的難為，但我在她這人生中途依然讀出了昂然的興致。不再手忙腳亂，但是煎好的一顆荷包蛋都還有一份孩子氣。

依然嚮往，踏實追尋就是幸福。

推薦序

季節對了，花就盛開　許悔之

五十歲，本來是有些尷尬的人生中途；回望處，可以是廢墟也可以是美好記憶，遠眺處，可以是去日苦多也可以是黃昏絢麗。

瞿欣怡的新書，回到根本的念頭，把生活做為道場——生活即道場，而將人生思考得清楚明白；是的，季節對了，花就盛開。

欣怡五十美好，於諸般困頓的井中汲取甘泉，如此般般敘說，使我們生起亦若是之心，善哉行

讀後感為其新書賀。

癸卯年雨水

◎許悔之（詩人・藝術家・有鹿文化社長）手寫

目次

01

人生中途，我們一起在路上

《小貓的人生中途週記簿》（編按：書名改為《人生中途週記簿》，後續皆以書名陳述此寫作計畫），是為期一年的寫作計畫，每週一篇，總共五十二篇，從四十九歲，寫到五十歲。

這是我期待很久的計畫。它有點任性，因為我不會給自己任何形式的規範，自由地書寫；它也有點冒險，生命走向哪裡，就誠實記下當時的風景與心情，我不知道一年後的自己會走向哪裡。

時間無聲無息地流逝，那些在生命中發光的一瞬間，不趕快寫下來，就忘記了啊。

我不想忘記自己是怎麼長大，怎麼變老。

每週一篇，自由自在，但退無可退。生命退無可退，書寫也是。我是個依靠文字生活的人，我做很多工作，可以直播、做Podcsat，也是很資深的記者與編輯，但是，除去寫作，我的生命什麼都不是。寫作，是我的錨，是我存在於這個世界的基礎。

我總是活在自己的世界裡，悶著頭向前走，常常跌跤，也常常被粗魯的人碰撞，於是學會要守護自己的小宇宙。

就這樣一步一步走著，長大了，有點老了，年少輕狂已成過去，一抬頭發現已經走到人生中途。

人生中途啊，跌過跤、吃過苦；愛過人，也被愛過。以前無法原諒的，如今只剩惋惜；以前念念不忘的，早已不再提起；以前感覺疼痛的，只剩下偶爾抽痛，並且安心地知道，就算傷口沒有痊癒也沒關係，誰不是負傷前行呢？

人生中途，好像有點明白「人生」是怎麼回事。

我們都曾經受過各種傷害，被命運打趴，在無人知曉的深夜，流很多眼淚，咬牙逼自己重新站起來。寫作這個專題，也是想告訴你們，嘿，你不孤單。不管跌倒的理由多荒謬，爬起來的姿勢有多醜，我都懂，因為我們都一樣啊。

只要是認真活著的人，都曾經失敗。只不過，走到人生中途，回頭看看，會發現那些失敗也沒什麼，擦擦藥，哭一哭，會沒事的。

《人生中途週記簿》寫跌跤，也寫爬起來，偶爾嘲笑自己的愚蠢，練習對自己更溫柔。

人生中途，好像真的愈來愈溫柔，因為我們終於明白，生命好難，一切都那麼不容易。

以前要好後來卻決裂離散的人，怨恨疼痛了十年、二十年，某一天，突然看到她的消息，知道她過得很好，竟真心替她高興。畢竟人活著有這麼多不容易，她能夠走出讓自己舒坦的路，真是太好了。

以前四體不勤，能坐著絕不站著，能躺著絕不坐著，能攤著的話，連小指頭都不想動。現在竟然開始健身，熱愛拳擊、迷上跑步、挑戰三鐵。在過度依靠大腦幾十年之後，終於明白，身體比頭腦強大，也比心靈自由。碰上無解的苦悶，就去跑步，人生的不自由，讓跑步來彌補。至少在跑步的時候，我是自由的。

以前喜歡穿黃色，會買正紅色洋裝，結果算命老師叮嚀：「不可以穿這些顏色，會倒楣喔！」竟然也就不穿了，改穿灰、黑、藍、白，發現自己意外適合沉穩的顏色。

人生中途，學會世故，明白圓滑是種體貼，能讓身邊的人都感到舒服。但也因此更珍惜自己的中二，珍惜願意一起耍笨的朋友，畢竟，世故比天真簡單，感謝身邊有一群人，願意陪自己開懷大笑。

人生中途，漸漸習慣失去。失去親人、失去友誼、失去很多的習以為常，連最喜歡的球星都引退了。

人生中途，更膽小，也更勇敢。膽小，是因為不能失去的愈來愈多；勇敢，是因為知道無論失去什麼，都已經足夠堅強，都能好好活下去。

人生中途，努力實踐二十歲發下的豪語：我無所懼，我是自由的。

人生中途，我們一起在路上，一週一會。

02 長大，一個人的成年禮

人生的「一半」是什麼？

「一半」，不是四十歲、五十歲這種物理性的認知，而是突然明白「人終究要獨自面對生命難處」，從此，人生一刀兩半，一半是懵懂天真的歲月，一半是終於明白生命好苦，卻不再害怕。

那是真正的「長大」，是一個人的成年禮。

我確實長大的那一日，是二〇一三年七月三十一日，太太乳癌開刀的那一天。

我們大清早開著休旅車去醫院，沒想到才在巷口就出車禍，太太被車禍與即將來臨的手術嚇傻，呆站在路邊。平常都是她照顧我，畢竟她大我十一歲，我很習慣在她面前當孩子。可是當她失去功能，我就該出手了。

我馬上聯繫保險公司，請他們派專員到現場；接著報警，做筆錄才能申請保險理賠；最後打電話到醫院，告知我們會遲到，請保留所有檢查。一個小時內搞定一切，安撫被撞到的機車騎士，確認保險可以理賠，休旅車也被拖吊廠拖走。我回家開另一台小車，把發呆的太太跟行李塞進車裡，直奔醫院。

到了醫院後，我叫太太趕緊去做核磁共振，我拿著一大疊單據跑著辦住院。從清晨起床到此刻，沒有一秒鐘停下來。我在醫院長廊奔跑，瞥見窗外藍天，雲好遠天好藍世界好寧靜，我停下腳步，看著雲緩緩飄過，哭了出來。

啊，不知不覺已經活到凡事要靠自己的年紀，不能再哭著回家找媽媽，不能再凡事耍賴，眼前再難，都只能自己收拾。

這就是長大，明白人活著只能靠自己。

親愛的M是大學的學姐，一畢業就為愛回到故鄉，風風火火準備結婚。

幾個月後，我去南部找她，她開著人生的第一台車來接我，紅色的福特嘉年華。我們到海邊吹風，把車門打開，音樂開得很大聲，聽《鋼琴師和她的情人》。琴音敲打，彷彿我們有多愁苦。我嘲笑她：「你念新聞系回來這裡，是有屁用喔！」她苦笑說：「我就愛到卡慘死啊！」

那真是年輕才有的憂慮啊。她笑著講結婚好麻煩，我哭著罵失戀好靠北，那些小傷小痛跟往後將碰上的心碎比起來，根本只是蚊子咬。

婚後，M的丈夫生意做得順風順水，在工業區蓋工廠，旁邊就是自住的透天豪宅，出入開賓士，請我吃飯是上五星級飯店吃龍蝦牛排。一邊吃一邊聽他說要給女兒最好的，要讓她念私校，要送出國讀書。未來光明燦爛。

又過了幾年，老是聽到壞消息。兄弟分家，加上過度擴張，生意愈來愈艱難。M是務實的摩羯座，苦勸先生：「做點小生意，一家人可以平安過日子就好。」

但男人當董事長當習慣了，忍不下這口氣，把所有身家押上，到台北豪賭一把。毫不意外，台北的生意失敗，家底輸光，只好賣工廠賣房子。不得不搬出豪宅賣掉那天，他藉口台北要談生意，死活不肯回去幫忙，還撂狠話：「我要怎麼面對！你處理就好了啊！」

M孤單一人，看著家裡的所有東西被搬走，只剩下一屋子垃圾，夢都碎了。她打電話來嚎啕大哭：「他怎麼可以把爛攤子丟給我！他沒有辦法承受，我也沒辦法啊！我還要搬這麼多垃圾、丟這麼多東西！他怎麼可以這樣對我！我為什麼要一個人承受這些！」

這是我第一次聽M大哭。也是最後一次。她終究一個人把家搬完，帶女兒回娘家安頓。她從此不再天真浪漫，愛情也一刀兩斷。

那個下午，M長大了。人總要學會幫自己擦眼淚。

H的成年禮，也是一個人。

她聰明幹練，把自己打理得很好。偶爾有些軟爛的感情事件，無傷大雅。我很羨慕她的瀟灑，總認為她應該會一輩子都這麼帥氣，不辜負任何人地活著吧。

直到她的妹妹車禍，性命垂危，她每日陪伴。愛情事業都不重要了，妹妹才是最重要的，父母走後，只有妹妹讓她感覺自己還有家。

妹妹是像花一樣的女孩，從小愛撒嬌的妹妹，每次失戀就哭得唏哩嘩拉，像世界末日，可是過沒多久又打扮得漂漂亮亮，交下一個男朋友的傲嬌妹妹。如今她卻瘦得人都凹了，一碰就碎。她還能醒來，有新的人生嗎？

妹妹躺了一個月，各種指數不斷下降。醒來的機率太低太低，再醒來，也不會是那個燦爛如花的女孩。

到了必須做決定的那日，她獨自在醫院簽下放棄急救同意書，陪伴妹妹度過最後的時光。她伏在妹妹的身上痛哭：「如果我做錯了，請你原諒我，我真的很愛你，我不想要你再受苦。請你一定要原諒我。」

妹妹永遠都不會回答她。妹妹走了，她長大了，無依無靠。從此之後，再也沒有更巨大的悲慟。

長大的那一瞬間，並不浪漫，充滿黑暗與痛苦，像蛹破繭而出，像蛇蛻皮重生。我們的靈魂脫離肉體，猛一下地抽大，痛得無法呼吸。

從今往後，只有自己了。這才是生命的真相。

人生的一半，在經歷這些痛苦之後才真正展開。我們終於明白人的脆弱與勇敢，在無人的角落，我們流很多很多眼淚。很多很多。然後我們發現自己竟然可以經歷那樣的疼痛而活下來，能哭、能笑。對生命無所畏懼。

沒有讓我們死去的，只會讓我們更強大。於是我們長大了，在穿越那些痛苦與淚水之後。

03

我和我的哭泣洋娃娃

很小很小的時候，每當孤單害怕，我就會幻想自己變成一個洋娃娃，被真實的我抱在懷裡。小小的我，緊緊抱著小小的洋娃娃，安慰她：「不要怕，沒有人可以傷害你，我會保護你。」我自己抱著自己，度過無數哭著睡去的黑夜。

最近看到很多作家在書寫童年傷口，我都好羨慕，能寫出來真好。童年，是我人生最大的黑洞。愛恨交雜，我被愛著，也被傷害著。傷害也許無心，傷口卻是真的。

前陣子看日劇《家族募集中》，大意是單親家庭長大的熱血男性，意外找到一棟老舊卻寬闊的房子，決定改造成溫暖的「家」，幫助單親家庭。第一集還滿有趣，我興致勃勃往下看，沒想到第二集才一開場就讓我坐立難安。夢想成為音樂人的年輕母親，帶著年幼的兒子來到這裡，她渴望自由，不甘被束縛，兒子則乖順安靜，依戀地看著母親。不知為何，熱血的男主人卻對這個女人充滿敵意。我才看了一小段，就跟太太說：「這個媽媽要遺棄她的小孩。」說完，放聲大哭。因為我也差點成為被不要的小孩。

我哭得很傷心，彷彿回到十歲那年，寒流來襲的夜晚，我穿著厚外套，窩在阿姨家的陽台，哭著唱各種跟母親有關的歌，我最喜歡唱：「母親～像月亮一樣～」每次我唱這首歌，都可以成功把媽媽逗笑。她已經一個月沒有來看我。

我哭著哭著，回到更小的年紀，還在媽媽身邊。午睡醒來，媽媽在講電話，她哭著說：「我那天坐火車的時候，真的很想跳下去，我不想活了。」我望著媽媽哭泣的背影發呆，很快又閉上眼睛，哄自己再睡一下，睡著就沒事了。

我還太小，不懂大人的世界為什麼這麼苦，苦到爸爸媽媽都活不下去。

爸爸也是活不下去的人。他在我們面前死過好幾次，這不是靈異故事，是的話就好了。真實人生，比鬼故事還可怕。

爸爸曾經是我愛的來源。我還記得年幼的我，很喜歡躺在爸爸肚子上睡覺。他會帶我讀詩下棋，跟我說很多有趣的故事。閒來無事，他會幫我把枯葉泡軟，再用牙刷輕輕地敲落殘葉，留下葉脈，做成漂亮書籤。

爸爸敏感纖細，熱愛文學。他的人生本來是順遂的，偏偏中年罹癌，風光的軍旅生涯戛然中止，退伍歸家。他的日子停了，我們的世界卻繽紛運轉，沒有人理解他的悲傷與孤獨。

某年母親節，奶奶被表揚為模範母親，頒獎的週末，全家族的人都回來眷村了。週日一早，大家盛裝打扮，陪奶奶去領獎。偏偏爸爸吃藥睡過頭，也沒有人叫他，他醒來，發現一屋子人都不在。他被遺忘。

他為了抗議，等大家都回到家後，在院子裡大吵大鬧，喝農藥自殺，昏倒在花架旁。全家人嚇得雞飛狗跳，急忙叫救護車，小叔陪他坐上救護車後，他竟然轉醒，對小叔眨眼睛：「假的啦！農藥瓶裡面裝的是水。」小叔氣死了，照樣讓救護車開往醫院，硬是把他送去灌腸。活該。

還有一年是端午節。對青春期的我們來說，端午節不過是另一個假日，我們全跑出去玩了，媽媽也出門打麻將，剩下爸爸因為疾病造成肌肉萎縮，沒有人陪，哪裡也去不了。家裡空空蕩蕩，沒有孩子，沒有粽子，安靜無聲。他一個人過節，很寂寞吧。

他這回不喝農藥，改潑尿。他把客廳潑滿尿液，坐在臭氣沖天的客廳，想給我們好看！我跟弟弟回家後，他開始砸玻璃，說要自殺！我才十來歲，哪搞得清楚這是演戲還是真的，哭著打電話給姑姑喊救命，姑姑飛奔來拯救我們。

還有一次，忘了是什麼原因，他在客廳燒報紙，揚言要把房子燒了，大家同歸於盡。必須以死相逼才能得到關注，爸爸一定很孤單，可是我當時不懂，我還太小，我無法同情他，我充滿憤怒，我只想逃。

逃了，才能好好長大。

真正長大後，爸爸已經走了，卻成為我永恆的傷口。十幾年後，我在一場心理學研討會上，聽醫生們談論「邊緣性人格」，我恍然大悟：「原來，爸爸不是故意傷害我們，他只是生病了。我卻對他這麼壞！」我好自責，我為什麼無法理解他的痛苦？我為什麼一直逃家？

我花很多錢做心理諮商，找最好的家族治療師畫家庭圖。我想搞懂童年無止盡的惡夢，我想原諒逃家的自己。我想跨越生死的界線，跟爸爸說對不起。我想回到他身邊跟他說：「你很寂寞吧，我陪你下一盤圍棋好嗎？」

我花了很多錢，很多時間，來治療童年的傷口。等到我也中年了，活到父母犯錯的年紀，才真正明白，生命好難，婚姻也好難，兩個不再相愛的人被綁在一起，太痛苦了。他們不是故意傷害小孩，他們只是不知道該拿自己破破爛爛的人生怎麼辦。

童年的傷口，也許一輩子都不會好。連看個日劇都會突然大哭，怎麼算好呢。不過啊，現在的我也不打算再治療童年傷口了，就讓它繼續在那裡也沒關係。我和我的傷口，和我懷中的小洋娃娃，一起走到人生中途。未來我們也會好好地在一起，繼續往前走。

04

我也只是個迷惘的人

昨夜睡前貪涼，把電風扇開大風，迷迷糊糊睡著，做了一個夢。

夢中，我見到二十年未見的學姐，我們曾經因為誤會而仇視彼此，可是這次見面卻聊得好開心，她為我介紹她的太太，親切溫柔的女人。我們心無芥蒂地閒聊，彷彿時間未曾流逝，我們還如年少時一般要好。

不一會，她的太太說得把一份書稿交付出去，我們一起走向旁邊的平房，那是個老舊的眷村房舍，紅磚圍出小院子，院子裡種了一棵高大的尤加利樹。已經遲秋，葉子慢慢轉黃。我在樹下等人，風愈吹愈大。

後來，整座院子不見了，只剩下一排大樹，樹下站了像青峰一樣嬌俏的少年。風透大，吹得樹葉翻飛，枯葉反射著光，像一片片小鏡子，照映出刺眼白光，少年被光晃得有些模糊，我則看著飛舞的樹葉，傻了。好美啊，這夢境。

世界寂靜，只剩下樹葉啪嗒啪嗒響著，那是秋天的聲音。

突然，少年開口：「風吹得這麼大，該落下的葉子，自然會掉落，落了就落了，不用眷戀，不用悲傷；而那些留在枝頭上的葉子，別急著摘，也別牽掛它為何不落下，它們的時間還沒到，時候到了，就落下了。」

我在遠處望著少年，望著漫天葉片，我好像聽懂了，又好像什麼都不懂。我好迷惘。

夢境是潛意識寫給我們的詩，詩裡一定有寓意。但我參不透。

少年是要告訴我，落葉如人生，花開花落自有時？

還是他叫我不要凡事憂鬱，不要為落葉傷懷？

又或者，他知道我有很多心事，那些還放不下的，就別逼自己放下了。再糾結難解的事，時候到了，結就解了？

夢境太美，我一整夜都在樹下，不想出來。這是個清明夢，我在夢中提醒自己：要記得，要記得。

清晨，我被電話聲吵醒，夢境打斷，我找不到入口回去，只好反覆問自己：潛意識究竟想告訴我什麼？

徹底醒來後，收到陌生讀者的訊息，她問了很多問題，其中一題是：「你的故事都是Happy Ending，是因為這樣寫比較有市場嗎？」

我一邊刷牙，一邊想著她的提問。我終究沒有回覆那則簡訊，但我在心裡告訴她：「每個人都有說不出的苦，我也有，所以我喜歡笑，笑開了就不苦了；我也喜歡撒嬌，找個人靠一下，心就不那麼累了。」

因為現實人生太難有Happy Ending，所以我喜歡在寫故事的時候加點糖，讓所有人，包括我自己，都能有個Happy Ending，哪怕只是一時的安慰也好。

她的提問也讓我警醒，也許有人會誤以為我通達人生道理，我是給答案的人。我不是，我無法隨意對別人的人生給出機巧聰明的答案，那樣看起來很厲害，很聰明，卻不真誠。人生的無奈，旁人無法說三道四。

面對人生，我跟大家一樣茫然，我同樣站在樹下，迷惘地看著老天爺仙女散花似地撒了漫天答案，我一個也抓不住。況且人生太複雜，不會因為抓到一片葉子就開悟。

我們窮盡一生，都在尋找人生的答案。

05 人生的抽屜

大姨丈在清晨過世了。我收到消息後，忍著不說，等媽媽吃完午餐後，才緩緩告訴她。媽媽聽了沒說什麼，只用很細微的表情回應：「我知道了。」

媽媽的失智愈來愈嚴重，反應更遲緩了。她總是微微仰著頭，望著空洞的白牆發呆，我不知道她在想什麼。她老了，那是我無法理解的心靈狀態，彷彿一切都停頓，無喜無悲。

大姨丈去世這日，我偏偏非常忙碌。媽媽吃了幾口麵，不說話，走回房間，沒多久她就換好衣服，拿著小包包，打算出門，我追到門口問：「你要去哪裡？」「我要去看大姨媽，」媽媽夢遊般地說：「你忙沒關係，我自己坐火車就好。」我又急又氣，我怎麼可能放她自己去，何況她早上才跌一跤！眼看線上會議要開始了，我聲音愈來愈大。好不容易把媽媽勸回房間，我才安心開會。

隔天早上，我以為媽媽已經忘了要回苗栗的事，沒想到她穿著外出服、抱著小包包躺在床上，她大清早就準備好，等著要回去陪她的大姐。

回鄉下的路上，天氣晴朗。很久沒有載媽媽出門走走，天藍到我們不像去奔喪，反而像是去郊遊，欒樹跟紫荊都開花了，燦黃豔紅在群綠中漫開。

想到某次帶媽媽出門散心，也是大晴天，一上高速公路，媽媽就讚歎：「山就在前面。」我大驚：「你怎麼知道『三舅』在前面？」

媽媽不解，指著前方：「山就在前面啊。」我依然驚嚇：「三舅在前面？你會背他車號？是哪一台？」

媽媽大笑：「山啦！山啦！不是三舅啦！」那時候三舅還住在外婆家。幾年後，三舅走了，媽媽一樣沒有多說什麼，她悲傷，卻不習慣說出口，也或者，她無人可說。

這幾年，她很寂寞吧？搬離熟悉的眷村，能說話的老朋友又突然走了，她努力把自己照顧好，她總是說：「我的健康，是送給你跟弟弟最大的禮物。」我們只能關心她的身體健康，她的悲傷，我們無力觸碰。

失智後，媽媽更是無悲無喜地活著。她曾經是最叛逆的女兒，因為家族因素無法繼續升學的她，受不了在鄉下種田，十幾歲就蹺家到新竹討生活。蹺家那天，她在小小的火車站碰到大舅，大舅知道她要逃家也不阻止，塞了一點錢給她，就這樣放妹妹飛遠。

她做過女工，後來跑去學美髮，她時髦漂亮又有個性，還跑去選美，當選禮貌小姐。她談過一些戀愛，最後愛上帥氣的情報員，兩人當筆友好一陣子，終於要結婚了。

結婚前夕，她才發現這個帥氣又有文采的男人，脾氣暴烈，一點小事就破口大罵，毫不留情。她不敢嫁，想逃婚，連穿上婚紗時，都還在盤算要怎麼逃。婚終究結了，她自己選的，她一直想逃，卻逃不了。她渴望愛情，或者自由，皆不可得。她有很多朋友、很多應酬，她流連舞廳、通宵打牌，逃不了就擺爛，她徹夜玩耍，恣意享樂。

我曾經不懂，曾經憤怒，有孩子的人不應該如此！難道孩子不是最重要的嗎？難道不用對孩子負責嗎？

可是當我發現她終於老了，那些憤怒也慢慢消退。她很寂寞吧？最親近的朋友過世那幾年，她老是跟我說：「我夢到寶姨，她好像很冷。」「我又夢到寶姨，怎麼這麼年輕就走了呢？」

我無語，不知道該怎麼安慰母親。我們習慣被母親保護，卻不知道該怎麼安慰她們。我們甚至無法察覺她們的悲傷。

***

遠遠的，終於看到苗栗海邊的風車，大姨媽家快到了。她的村子叫「柳樹灣」，道路拓寬前，路旁就是小溪，走過小橋，穿過老樹，就是田中央的大姨媽家。

我小時候也曾經住在大姨媽家，爸爸媽媽吵架時，總是隨便把我托給親戚，我哪裡都能住。我習慣當可愛的女孩，這樣才能好好地被照顧，這是小孩的求生本能。

大姨丈跟爸爸不一樣，他是好脾氣的農夫，總是滿臉笑容。大姨媽很強韌，下田的手磨得很粗，牽我的時候很有力氣。表姐表哥怕我想家，會帶我去下田，田裡風大，她們就把小小的我放在稻草堆後面，很慎重地跟我說：「不要亂跑，不然會被風吹走喔！」他們去田裡砍甘蔗，教我怎麼直接用牙齒把皮給啃了，我啃不動，他們就一邊笑我，一邊幫我把結砍掉。

當我在大姨媽家烤地瓜、啃甘蔗時，媽媽正在跟她的人生奮戰。而我只顧著玩，忙著長大。

等我長大，媽媽也老了。幾十年的歲月啊，換我忙著在人生的戰場打仗，媽媽則慢慢退出戰場，獨自在自己的角落，無悲無喜地老去。

***

到大姨媽家後，媽媽步履緩慢走向大姐，沒有淚水，沒有擁抱，拈完香，兩姐妹坐在龍眼樹下說話，多半是大姨媽、大表姐說話。媽媽出奇地安靜，只要能坐在大姐身邊就夠了。

大風吹起，她突然握住大姨媽的手，搓著翻著，溫柔笑著。大姨媽也安靜了，兩姐妹手握著手，坐在龍眼樹下。

時光流逝，曾經的春青暴衝，遺憾失落，傷心痛苦，都過去了。沒什麼好說的，不用說都懂。

我看著媽媽靠著自己的大姐坐在樹下，她驚濤駭浪追求過的愛情與夢想，滾滾而逝，再無騷動。

原來，歲月真的能夠撫平傷痛。原來，這世界上真的沒有過不去的坎，如果忘不了，如果痛不好，那就再等十年、二十年，老了，心痛會好的。

也許媽媽並不那麼孤單，她在一日一日的時光中，梳理糾結的過去，一條一條理好、收好。

原來，等到老了，傷心的快樂的遺憾的珍愛的往事都理清楚了，就能收進時光的抽屜，一件一件並排放著，沒有好壞，都是自己的人生。

06 你已經夠努力了

最近身體毛病不少，回去找中醫師父諮詢。師父見我回來，也不急著把脈，反而慢慢地煮水、泡茶。我性子急，煩躁地想：「師父不是學生很多嗎？趕快問一問，換下一個。我不能占用太多時間。」

師父慢條斯理泡好茶，平靜地說：「喝茶。」我望著師父放在案前的一小杯功夫茶，尷尬地笑了。這幾年因為自律神經失調，我的手常會微微地發抖，平常看不出來，盛湯、端茶時卻很明顯。我望著師父苦笑：「這種小茶杯，我端不起來啦。」師父笑著說：「不急，慢慢來。」

我望著小茶杯，深呼吸幾口氣，專注地端起來，穩穩地放在嘴邊，啜了一口。一滴也沒有灑出來。就像在法鼓山打走路禪，拿一杯滿到有表面張力的水碗，繞圈走路，只要把心安住在水碗上，水就不會灑，一急一慌，水馬上灑了。

原來師父是要我先把心安住下來。我啜完一杯茶，師父才開始把脈，叮嚀許多健康上該注意的事情。

最後，師父難得嚴肅地對我說：「你應該要調整工作心態。你很聰明，一定可以完成所有的工作。不需要那麼用力，放輕鬆，一樣可以做好的。」我不解地望著師父，要怎麼放輕鬆？生活中有太多讓人焦慮的事情。

我常常苦惱經濟，雖然在實際生活中並不缺錢，想要的該花的都足夠，但是做為自由工作者，戶頭不會每個月自動補滿，得靠一個又一個案子串接，得把工作做好了，案子才會來。我也苦惱媽媽的健康。日漸年老的她，需要更多照顧，我真的可以把她照顧好嗎？我還苦惱很多事，苦惱我是否說錯話，惹朋友不快；苦惱工作是否完美，讓業主滿意；苦惱我的報價太高（或太低），讓業主（或自己）不開心。

仔細想想，生活中那些看似艱難的事情，只花五成力氣就能完成，其餘的五成都是毫無意義的磨耗。本來可以輕鬆優雅地活著，卻習慣性地擔憂恐懼，把自己淹沒在焦慮中，活成一條骯髒的抹布。

變成髒抹布後，當然覺得自己不可愛、不值得被愛，也不值得被等價的對待。

「你會賺到錢的，不用擔心。」師父說。

「真的嗎？」我不相信。

「你一直在滋養別人，宇宙也一定會滋養你啊。」師父微笑著說。

我在心裡哭了。我一直努力做著我認為對的事情，努力地想要讓世界因為有我，這麼微小的我，變得更美好，我卻忘了，我也是這繁華世界的一分子啊，我也應該會被眷顧、被滋養吧？

神明會記得我的。我那麼努力。

隔天一早，朋友正好傳來一篇關於金錢的文章，大意是說，這個世界是由各種能量與投射構成的，金錢也是，我們對金錢的恐懼與渴望，都是內心的投射。我們把錢花在哪裡，恰恰可以看出我們內心需要被填補的部分；而我們憂慮賺不到錢、得不到工作，則是不斷為自己貼上負面標籤。

原來我不斷為自己貼上負面標籤？一切都源自我覺得自己不夠好、不值得好的報酬、不值得被寬宥與信任？那麼多的不安與擔心，原來都源自於此？

我常常告訴自己：「你要很努力！要更努力，一直一直努力，總有一天你會值得被好好對待。」逼自己努力的背後，是深深的恐懼：我要足夠好，別人才會用我期待的方式來愛我，我才有資格得到更多報酬。

我連去跟土地公拜拜時，都會跟土地公說：「我會努力工作的！請你保佑我得到我該得的。」難道不能更任性一點嗎！畢竟是那麼親切的土地公啊！

我已經很努力了。不能再更努力了。

我曾經體會過「我只要是我自己，就足夠被愛」。在花蓮住了四年，我沒有在大媒體工作的光環、沒什麼作品，我盡情地任性、耍孤僻、鬧彆扭，朋友們還是愛著我，我只要是小貓就夠了啊。

可是花蓮卻是真空管一樣的存在，那裡沒有競爭、沒有比較。我為了讓自己可以放心生活，很刻意地避開花蓮的案子，我在台北賺錢，在花蓮生活。說到底，那也是一種害怕，怕有一天跟這裡的人們有了利益的衝突，我將無處可退。

台北才是修羅場。我在這裡生活，也討生活，有太多友情之外的人際，像翻花繩，隨手一翻，就生出更多紅線，哪一條都不能踩，踩了就是死結。

我活得戒慎恐懼，老是怕踩到別人的紅線。我一直努力，深怕自己做得不夠好，如果我夠努力，偶爾不小心踩到紅線，也可以被包容吧？我膽怯地想著。實則我並不辜負每一份友誼，也不辜負每一份工作。

我依然只要是小貓，就足以被愛啊。

師父說：「你一直在滋養別人，宇宙一定也會滋養你的。」泫然欲泣。是天使在說話嗎？

如果你跟我一樣，老是擔憂自己不夠好，總是在恐懼。我想告訴你：「你已經很努力了，你值得被愛。」

若有一天，我又慌亂無措，開始鑽牛角尖，也請你提醒我：「小貓，夠了喔！你值得被愛。」

07

人生中途，撞到老

人到中年，常會說自己「老了」。其實，我們只是長大，真正老了的，是父母。

媽媽老了。動作變得遲緩、思緒總是停滯，跟我同住的時間變多。習慣自由的我，必須放下堅持，調慢成老人的節奏。

真難！我是個掌控欲強烈的完美主義者，我媽不斷失控，挑戰我的極限。疫情期間，我強迫症發作，凡出門必消毒、一進門先洗澡，連去樓下小七買個東西回來都要洗頭洗澡，手碰過的門把、開關，甚至門簾，都要噴酒精消毒。我媽不來這套，她搭火車從桃園來台北欸！一進門就說累了要休息，我追著她噴酒精，嚷著：「洗澡消毒過才可以躺在床上！」我媽翻白眼：「我在桃園洗過了。」轉身就睡！救命啊！

除了掌控她，我還想給她五星級的照顧。我媽一開冰箱，我就立刻從書桌前彈到冰箱前，很熱心地問：「餓了嗎？想吃什麼？要不要煮麵給你吃？還是要切點牛肉？不然，喝養樂多？」我媽面無表情把冰箱關上，轉身回房。

她拿起洗衣籃，我就再度從書房彈到浴室，一把搶過來：「放著！我洗！你去休息！」她想下樓，我再遠都會彈起來追到門口問：「要去哪？不要亂買食物喔！等我？我陪你去？」

最後媽媽放棄，啥也不做，我又開始擔心：「你在想什麼？要不要出門走走？我們去喝下午茶？」其實我工作非常忙碌，還要彈來彈去，她煩，我累，誰都沒得到好處。

究竟是媽媽需要被照顧？還是我無法忍受事情無法掌控？我想是後者。

每天唯一靜心的時刻，就是傍晚為媽媽做飯。媽媽牙齒不好，做了假牙又懶得戴，所以只能吃軟爛的食物。

這一題我會，做菜我很厲害！我做了「蒲瓜干貝炊飯」，把蒲瓜、香菇、蝦米都切碎，干貝泡軟撕開，所有的配料跟泡過的白米一起炒香後，用日本日田柴魚醬油做湯底，加了比平常多半杯水，用砂鍋炊軟，小小一碗，蔬菜肉類都有了。

再不就熬鹹粥，還是用日田醬油調湯底，米飯熬爛後，把切碎的新鮮干貝、蝦仁、菜末扔進鍋裡，打個蛋花，再放點芹菜珠蔥，撒點白胡椒，好吃又營養！

粥飯玩了一陣子，我回歸平凡，想做點紅燒肉配白米飯。燒紅燒肉那天，我起得挺早，把肉炒好燉上，就窩在書房寫稿。說來奇怪，都中午了，肉都燉好了，媽媽怎麼還沒起床？

晃到媽媽房間一看，靠北！她不見了！我在我家把我媽搞丟了！我馬上衝到鞋櫃檢查，媽媽家的鑰匙還在，但她平常出門半小時就會回來啊！不管了，先衝到樓下市場找，熟識的攤販都說她今天沒來；騎機車在附近繞一圈，到媽媽喜歡的咖啡店、服飾店張望，都沒看到人。

我心裡有底，阿母應該是想掙脫我的牢籠，自己回桃園，卻忘了帶鑰匙。請同住桃園的小阿姨到家裡確認，果然，瘦小的媽媽坐在黑黑的樓梯間，呆呆地抱著小包包，不知道坐了多久。小阿姨不捨地抱著媽媽大哭，欸，別哭啊，你二姐不就是忘了帶鑰匙嗎。不哭了，沒事的，你二姐只是老了。

知道媽媽回桃園後，我馬上開車回去接人。雖然知道她平安無事，可是「媽媽不見了」這件事實在太驚悚，我魂魄都嚇飛了，開車時聽著萬芳的《給你們》，萬芳溫柔的聲音，總是可以安慰我。我並不知道，這次的走失只是開始，接下來會有更多走失，更多驚嚇與無奈。

把媽媽接回台北後，我沒力氣熬粥炊飯，電鍋煮一鍋白稀飯，配點泡菜、紅燒肉，媽媽竟然吃一大碗，她也折騰得夠累了。

隔天早上，上市場跟菜攤阿姨報平安，順便買油豆腐回家，用紅燒肉剩下的肉湯燉豆腐。晚餐還是簡單吃，一碗油豆腐、一小碗肉鬆、一盤蔥蛋，配上白粥，媽媽吃得唏哩嘩啦。

啊，原來媽媽喜歡簡單的。她喜歡白粥配肉鬆、喜歡動手做家事、喜歡上市場隨便買點吃的、喜歡開冰箱愛吃啥吃啥，喜歡自己做主。

原來，照顧老去的媽媽不是軍備競賽，是長期抗戰，不用花招百出，但要學會放過自己。

原來，我以為長大後就自由了，不用再受父母管束，可以輕鬆越過父母的高牆。沒想到，父母是永遠無法跨越的牆。不同的是，年少的我們，衝撞後可以瀟灑離開；中年的我們，不忍心再衝撞，父母承受不起，我們也是。

原來，面對父母的老去，要練習的不是戰鬥，而是臣服。臣服歲月的兇殘，臣服這世間很多事都無法如願。

我以為人生中途要處理的是自己的中年危機，迎面撞上來的，卻是父母的老年危機。

人生中途，我們以為看盡世事，沒想到，最困難的，才剛剛開始。

08 幹！原來人真的會老！

最近常半夜胸悶。到醫院做了精密檢查，原來是心肌缺氧，要按時服藥，避免心血管阻塞。

其實我從小體弱。跟鄰居小孩一起去游泳，大家都沒事，只有我發高燒，不准再去；眷村燒落葉時，小孩子都聚在院子喧鬧，弟弟頑皮搗蛋，媽媽邊笑邊罵，他們好快樂啊，我卻被規定只能在客廳遠望，免得吸到灰塵又咳嗽。

我像個局外人，隔窗羨慕別的孩子自由嬉戲。

大學時，我開始氣喘。當時我把婦女新知撿到的貓帶回家養著，沒課時就跟貓一起躺在床上，看窗外白雲飄過。貓才養了兩、三個月，就誘發我的氣喘。起初，我並不知道那是氣喘，以為感冒未癒，有個刻薄的長輩甚至說：「她哪有感冒？明明白天就很好，根本是裝病，想要別人同情她。」我聽進心裡，對深夜咳嗽感到抱歉，充滿罪惡感（現在回想起來，那個長輩真是太壞了！太壞了！）。

確定是氣喘後，還是常常不安，不敢麻煩家人。偏偏氣喘急性發作很可怕，氣管痙攣，每吸一口氣，支氣管便騷動不已，發出咻咻嗚嗚聲，用盡全身力氣，只為了一口呼吸。急性發作時得趕快去醫院打針吸藥，每次急診完都像歷劫歸來。

有回，半夜在花蓮門諾急診，走出醫院時，天已經濛濛亮，我拜託太太開車到海邊。我看著陽光從紫色天空慢慢射出來，又是新的一天，我又活下來了，真好。

活著真好。可以看日升月落，聽潮汐拍岸，可以跟心愛的人牽著手，感受掌心的暖意。

這幾年用心調理，加上健身後身體變強壯了，氣喘發作的頻率相當低，許久不再急診，連噴劑都少用。我以為我終於不再是病貓，我是強壯的小貓啊！

直到從心臟內科拿回一疊藥袋，實在無奈。我一週至少運動三次，強度也不低，我甚至報名了女子三鐵接力，想當成禮物，送給即將五十歲的自己，心臟病偏偏挑這種時候來搗亂。

太太看著我的藥袋，不懷好意地笑：「你也有吃三高藥的一天，歡迎來到老年人生！」可惡，我只是病，還沒老！

被醫生規定不可以運動實在太難受！我想念說跑就跑的自己，寫稿累了，就站起來換球鞋，到公園跑個兩圈，自由自在；想念被教練操心肺操到說不出話，汗水狂噴，頭髮濕透，累爆又爽爆！

很多朋友不明白我為什麼喜歡高強度的運動，直說：「走路也很好，做瑜伽也可以爆汗啊，幹嘛一定要做強度高的運動。」但是我的身體在高強度訓練下，得到自由，那是我從小就渴望的。在跑道上起跑時，總覺得要飛起來了，我擁有身體的主導權，我可以超越限制。

直到半夜幾次胸痛，痛得全身弓起來，像巨大錘子猛擊胸口，我無力反擊，終於投降。面對身體衰敗，不能逞強，不能逆襲，只能臣服。

原來，「老」不是概念，不是風花雪月，「老」是摸得到的，是真實具體的。原來，所謂的「人生中途」，要面對的最大的困境，是具體知道：「幹，我真的老了！」

幹！原來，人真的會老！太可怕了！

09 你的人生功課是什麼？

週五夜，上完禪柔課，跟好朋友們一起去喝酒。聊著聊著，做表演指導的K突然拋出問題：「你的人生課題是什麼？」一時間大家放下酒杯，認真想了起來。

既然話題是K提起的，他自然要先說：「我的人生課題是『龜毛』，我真的很龜毛，尤其是工作時，大家都覺得已經很好了，可以了，我卻覺得不夠好！為了讓工作順利進行，我只能一直一直放下自己堅持，鼓勵大家，很好喔～很好。」

K這麼一說我才恍然大悟：「啊，原來他很龜毛！難怪他身材保持得那麼好，永遠站得直挺挺，肌膚又亮又細，就算運動完，頭髮還是很整齊，連隨身準備的酒精噴霧都加了香氛。」要不是夠龜毛，怎麼可能把自己維持得那麼好。

「我想，我應該降低一點標準啦。」K笑著說。龜毛的人，受苦的不是別人，而是自己，對什麼都不放過。

接著換N，她是身體工作者，也會帶一些身體課程。她上課時用的語言都好美，比如：「把胸口打開，想像心中開出一朵花。」「我們的種子核心像小光暈一樣，微微發光。」她老是叮嚀我：「要溫柔啊，小貓，不要那麼用力。」說出詩一般語言的她，竟然最怕說錯話：「我的人生課題大概是，我很害怕說錯話。我每次傳訊息出去，都會很緊張，很怕自己是不是說錯什麼。」

我以為只有我這種白目射手才怕說錯話，如果別人訊息晚回，我就害怕是不是自己又說錯什麼，沒想到溫柔的巨蟹也會擔心受怕嗎？我好想抱著N跟她說：「你說的話都好美，你不要害怕。」

可愛活潑又很有個性的H，是我們當中最年輕的，做行銷的她，工作能力很強。沒想到她也有自己的苦惱：「我太容易答應別人的請求，什麼都說好，同事要我幫忙，我都會答應，加班做別人的事。」她被我們選當課堂小班長時，也是一口答應，老是幫我們收錢、跟老師溝通上課時間。

H的名言是：「我的工作就是要解決問題！」此話一出，馬上得到所有哥哥姐姐的愛，我們常開玩笑說：「你離職來當我們的經紀人啦！」原來俐落又能幹的她，人生最大的課題是不懂得拒絕。每個人都把自己的糾結藏得很好。

輪到表演工作者T，她輕聲說：「完美主義吧！」T的表演細膩又巨大，安撫人們的悲傷焦慮。她總是在跟自己搏鬥，希望自己站在舞台上的每一秒，都是完美的。

畢竟是人，怎麼可能次次完美？某天，她在家吃早餐時，突然滿嘴麵包火腿地大哭：「我不要再追求完美了！」她愈來愈鬆，還是一樣療癒別人，同時也療癒了自己。只有自己快樂了，身邊的人才能快樂。

R接著說：「我要練習照顧自己。我從小是個小大人，明白爸爸媽媽爺爺奶奶的苦，所以總是想要承擔。」她是家中大姐，永遠把家人的需求放在最前面，她自己非常節省，卻希望家人不要因為錢而窘迫。

她一直到六十歲才發現，自己從來沒有當過小孩。退休後，她每天做自己喜歡的事，學日文、學紫微斗數、陪小狗走路、看棒球，甚至看日劇《如果三十歲還是處男，似乎就能成為魔法師》，當起追星族，每天嚷著：「我的小可愛（赤楚衛二）怎麼那麼可愛～。」

看著她這麼做自己，覺得老天爺也滿公平的，每個人都有一定額度的責任與任性吧，責任扛久了，也許總有一天會輪到你要任性？至於任性一輩子的人，小心啊，人在江湖混，沒有不挨刀。

輪到我了。其實K一問，我就有答案了：「我很怕別人生氣。」從小被寄養在不同的親戚家，讓我學會察言觀色，往好處說是會看臉色，往心酸裡想，一樣是太會看臉色。

被朋友嘲笑是「移動式地雷」的我，其實從小就學會忍耐，因為萬一大人生氣，就不會照顧我了；萬一惹表姐妹生氣，她們就不跟我玩了。我不想落單。膽戰心驚長大的我，在家族裡的稱號是「小甜心」。

我並沒有意識到自己很怕別人生氣，某次跟資深編輯聊天，才坐下來沒多久，她就很嚴肅地跟我說：「小貓，你十分鐘內，講了七次『你不要生氣喔』。」我才發現，啊，我多麼怕別人生氣，我多麼盼望事事週全圓融。

輪到最後一個F。她在江湖打滾過，現在卻親切又耐煩，常常笑著看我們胡鬧。她鬆鬆地說：「我想到我的人生課題了！應該是我太容易放棄，一條路走不過去，或者太苦太難太累，我就會放棄。」

她話一出口，我們這幾個龜毛、完美主義、害怕別人失望的人，馬上哀號：「拜託喔！你那個是優點吧！」F不好意思地笑著說：「喔？是喔？」

我們笑著乾杯，敬這個友誼滿溢的夜晚。我想著他們每一個人的生命課題，明白：「沒有人是容易的，我們都背著自己的歷史與糾結，努力愈活愈好，愈自在。」

處理人生課題的第一步，是先看見自己的課題，明白為什麼恐懼，然後才能把功課做好。最近一直在練習：「先照顧自己，再照顧別人。」並且不再把別人的憤怒扛在肩上，不一定都是我的錯。

你的人生課題是什麼？好好想一想吧，解開了，就不用活得這麼累了。祝福我們，自在快樂。

10 我無所懼，我是自由的

「我無所懼，我是自由的。」是我的人生格言。

二十九歲那年，我意外成為國際旅遊記者，飛向世界各地。我是整組最菜的，沒有國外的碩士學位，也沒有自助旅行的經驗，但是當老天爺把這份工作交給我時，我只能恭敬地用雙手收下，畢竟這是人人夢想的工作。

我硬著頭皮上陣，第一趟出差選了「上海」，找個語言通的地方開始比較容易吧，何況我的籍貫是上海，雖然我從沒去過，可是感覺親近。第一次平安回來後，我愈飛愈遠，去了日本、泰國、緬甸、英國、加拿大、澳洲、土耳其、埃及、南非，甚至大溪地⋯⋯。

世界為我打開一扇門，我迎著光，飛向未知。美好而深刻的兩年，我帶著不安惶恐的自己，一次又一次挑戰極限。

旅遊記者外表光鮮，內在卻充滿壓迫。何況我們不跟團，我帶著攝影記者闖天涯，自己規劃所有行程、自己開車、訂房、做採訪。很累很苦，但我不怕。怕了，就哪裡都去不了了。

我睡過機場、碰過小偷，常常轉機轉到頭昏腦脹。飛到後來，我根本搞不清楚自己在哪裡。曾經在北愛爾蘭開車開到一半，呆滯地問攝影記者：「我們現在在哪裡？」那可是陌生的高速公路啊，差點把攝影記者嚇死。

在蒙古國旅行時，真是累壞了。蒙古草原沒有柏油路，全部都是原始的草地溝渠，我僱了講中文的導遊、講英文的司機，從首都烏蘭巴托出發，出了城市，全是草原。俄羅斯吉普車顛簸得厲害，路過沙丘時，得快速地把手動的車窗關緊，否則車內也會風沙滾滾。

大草原沒有廁所，遠遠看見小山坳，就得趕緊拜託司機停車，讓我躲在山坳裡尿尿；日夜溫差大，白天熱得我不得不把漁夫帽打濕，擰乾戴在頭上降溫，晚上冷到蒙古包裡得生火，才不會凍壞；蒙古人吃羊肉，我在台灣怕羊臊味盡量不吃，可是在蒙古不吃只能餓肚子，吃吧！

顛著顛著，竟然也顛完整片草原。一路上，我不停想著：「算了，放棄好了，我撐不下去了。」旅途中當然有美好，大草原的清晨，大鳥飛過，天空是紫色的，天地間只有我一人站在草原中央，天地彷彿顛倒，我被三百六十度的世界擁抱著；大草原的夜晚，群星閃耀，我見到此生所見最密最亮的銀河。

心靈的滿足，抵擋不了身體受的苦。我好想放棄，一直向前，不過是不得已，我已經在草原上，往前往後都是艱難，人在中途，只能繼續前進。

回到烏蘭巴托那天，已近黃昏，最後一次在大草原上尿尿。完事後，我獨自站在草原與城市的交界處，世界籠罩金光，被筆直的久違的公路一分為二，一邊是讓我吃足苦頭的草原，一邊是逐漸亮起的城市燈火。我在金色大地上，很高興自己完成這趟旅途，我沒有放棄。

我突然明白：「我無所懼，我是自由的。」從此沒什麼好害怕了。

在那之前與之後，我去泰國攀岩、去大溪地潛水、去紐西蘭坐直升機，每一趟都很害怕，卻還是勇敢出發。幸好我沒有停下腳步，否則我不會見識到天地寬廣。

我不怕失敗，也不怕丟臉，我最怕因為恐懼而停止向前。

兩年前，要離開一手創辦的「小貓流」出版社時，我陷入深深的憂鬱，我怕離開後我什麼都不是，又怕留下來還是做不出成績。我被恐懼掠奪。

直到我看了《冰雪奇緣2》，艾莎公主為了尋找心底的聲音，勇敢騎著海浪幻化的白馬，奔向海底。她衝向大海時，不斷失敗跌倒，卻沒有放棄，她知道自己必須深入海底，直視內心的呼喚。

停滯只會讓我們更加困惑與畏懼，讓黑暗放大。只有勇敢向前，才能穿過隧道，走進光裡。

這幾天在整理網友們寫來的訊息，有幾封信讓我很心疼。在谷底的朋友問我：「要如何才能無所畏懼？才能得到自由？」我不知道她經歷了什麼，不能輕率地說：「你就這樣那樣啊！」我不能隨便指點別人的人生。

可是我想告訴她：「去看《冰雪奇緣2》吧，去看艾莎勇敢衝向大海，也許你會得到勇氣，也能得到自由。」

面對恐懼，最好的做法不是逃避，而是正面迎戰，直視它、穿越它，才能得到真正的自由，否則你所懼怕的，將會變形成不同的怪物，重新來找你。

「我無所懼，我是自由的。」獻給所有閱讀《人生中途週記簿》的朋友。

在人生旅途上，一定會有很多時刻，我們會遇到難解的困境，會感到害怕。當你心中的黑影擴大時，請像咒語一樣念給自己聽：「我無所懼，我是自由的。」黑影會消散的。

11 獨處，生命之必須

我從小就很需要獨處。我喜歡朋友相聚的熱鬧，但獨處是一種「需求」，每隔一段時間，就要一個人待著。

每個人都有內向害羞的一面，再怎麼不在意別人，只要身旁有人，就會被旁人的喜怒哀樂牽引，愈敏感，愈疲倦。混了一整天回家後，我像打完仗，攤在沙發上，累得說不出話。我太在意氣氛和諧、又怕惹人生氣，一個人待著不用照應誰，就不累了。

小學時，爸爸在桃園的員樹林小鎮分配到一間眷舍。我每年都會一個人搭火車轉公車，到小鎮度週末。十二歲的我，擁有完整的三房兩廳，一進屋，我先把窗戶打開通風，再把棉被攤開透氣，才回到客廳沙發上躺著，盤算著一個人的假期做點什麼好呢？

其實每回做的事情都差不多。小鎮有一條熱鬧的街，賣各種吃食，還有間小書店。第一個晚上，我會迫不及待走遠遠的路，到小街尾端買一包鹹酥雞，回程買一兩本漫畫書，再去雜貨店買汽水、洋芋片，整晚窩在沙發上看漫畫吃垃圾食物。

隔天睡到自然醒，望著窗簾發呆，我到現在都還記得，白色的遮光窗簾很老派，畫了竹子跟小人。慢慢醒來，繼續看漫畫，看完了就翻翻爸爸買的英文書，裡面也有幾頁漫畫，人物畫得很簡單，一個圓代表大頭，再用五條短短的線畫出身體手腳，這樣就能說故事了。我偶爾會用作業簿畫幾個小人，編個小故事。傍晚隨便找間麵店吃麵，然後搭車回新竹。

那時候沒人教我獨處的重要，我只是自然而然這麼做，爸爸媽媽也不擔心，放任我一個人跑那麼遠。儀式般的獨處，持續到高中，房子賣掉為止。

上大學後，宿舍有室友，系上有同學，我還熱衷社團，大二是書評社的社長，大三又接了女研社的副社長，鬧得不得了。可是一到暑假，我就會躲起來，我曾經窩在奶奶家兩個月，整個夏天只讀《紅樓夢》，把每一首詩都背起來。奶奶也不管我，只管做菜洗衣，照料我的日常。

出社會後，我偶爾會在平日蹺班，開車去東北角看海。小車音響放了喜歡的卡帶，萬芳、黃小楨、伍佰……。我聽歌哼歌，到海邊吹吹海風，想點小心事，再神不知鬼不覺回去上班。

在媒體工作幾年後，我放自己一個長假，到花蓮壽豐鄉下租一間小房子，住了八個月，除了太太週末來陪伴，日常時間只有我一個人。一早起床，聽喜歡的音樂，心鬆鬆的，到小陽台摘幾片自己種的薄荷，做薄荷蜂蜜茶配麵包；下午讀書、玩鄰居的貓；傍晚散步到田中間跟菜農買顆現採的花椰菜，晚餐吃蝦米花椰菜麵線。

那時候還沒有網路，短居的家也沒有電視，大部分的時間，就是望著屋外的中央山脈發呆，我卻如此滿足。

四十歲生日前夕，我又再度放下台北的工作，搬到花蓮住了四年。這次住在離市中心很近的美崙，也認識很多很多朋友，但是大多數時間我還是獨自一人。後來養了狗，一人一狗每天去田徑場跑步、看海，去小祕境野餐，不說話，卻豐富熱鬧。

這當中還接了工作，到新北萬里租了間面對大海的小套房。白天採訪，晚上在陽台看漁船亮起點點燈火捕白帶魚，漁火遠遠近近地漂浮。深夜，漁船回來了，就趕快騎摩托車去港邊買現捕的鮮魚。我一個人拍日出、看夕陽，一個人在沒有觀光客的小漁村閒晃。

這幾年被工作綁著，不再有時間任性地到某處短居，可是每個星期我會留一天，不出門、不見人，安安靜靜待在家裡，慢慢地喝咖啡、翻幾頁書，修復過去一週的疲倦。

獨處不是文青作態，而是生命之必須。只要在人前，我們就無法完全任性，總是會在意旁人。只有獨處時，我們不用在意任何人，可以沉默，也可以唱歌，平常快速轉動的大腦終於收工。

我常凝視微塵飄落，想著：「宇宙這麼大，一定可以包容微小的我吧。」時間隨微塵緩慢流逝，生命原來可以這麼安靜、平和。

12

眼淚我自己知道就夠了

前幾天，為《鏡好聽》的Podcast拍照宣傳，負責的攝影記者是老朋友，我們一起去過英國、長江三峽，有革命情感，見面時格外高興。拍照前，我跟他討論取景、角度、張數，就像以前工作時一樣，只不過這天我是被拍攝者。

室內拍攝結束後，攝影說：「到戶外拍幾張吧！我找到一個很好的景喔！」我跟了出去，遠遠看見一片及腰的野草叢，草叢盡頭有棵大樹，我內心偷笑：「應該是要我穿過草叢吧！」果然，他說：「欣怡，去那棵樹下吧！」

我小心翼翼跑跳，深怕被野草割傷，跳啊跳，突然想起，啊！我們在中國酆都的鬼城拍照時，要過一個鬼橋，我也是這樣在橋上跳。

那已經是十幾年前的往事。當年，三峽要蓋大壩，我們趕在水淹長江前，去拍攝即將消失的三峽。在水淹過老城前，沿江城鎮的房子都要炸掉，否則房舍會引起暗流漩渦，非常危險。船在長江走，迴盪在耳邊的不是猿啼聲，而是轟轟轟的爆炸聲。

我們從宜昌的西陵峽上船，在重慶的瞿塘峽結束旅程。船還沒出宜昌，便聞到濃郁的橙花香，原來是從屈原的故鄉秭歸傳來，每當橘子花開的季節，江上便香氣瀰漫。

為了拍攝沿江小鎮，我們在小渡口轉山路，在小縣城穿梭。小縣城不比大都市，飯店陳舊，牆壁疑似木板隔間，敲了還有回音；地毯都是痰漬，不懂中國人為何能隨地吐痰，連房間的地毯都不放過；更糟的是，半夜房間電話響個不停，阿姨整夜打來問：「要不要小姐？」

縣城裡的餐食也簡單，大巴停哪，我們就往哪裡打個盒飯，或者找個小館子點兩個菜、扒幾碗飯，只求吃飽。不幸的是，我經過廚房時看了幾眼，發現豬肉都發紫了，用辣椒醬油一炒，啥都看不出來，還覺得很香！後來的幾餐，我都吃雞蛋、青菜，肉是完全不敢碰了。

看看小縣城其實也挺好的，那不是旅遊指南會教你走的路，而是當地人的生活所在，很苦很窮。幸好我只是過客。好不容易到了重慶，我直奔五星級飯店，要了商務間，從頭到腳好好地清洗一番，躺在舒適乾淨的白床單上，抱著羽絨被，我回到人間了。

在重慶不能錯過麻辣鍋，隔天拍了傳說中的九宮鍋，圓形火鍋隔成九格，每格燙不一樣的菜，不肖店家在客人走後不收鍋，留著給下一桌客人吃。現在想起來，簡直是吃ㄆㄨㄣ，真是開玩笑！

回飯店的路上，嗜辣的攝影記者還興致勃勃：「明天去吃川菜！吃宮保雞丁跟麻婆豆腐！」我點頭答應。殊不知，我一回飯店就狂拉肚子，商務套房這麼大，我只能整夜抱著馬桶，隔天一點辣都不肯吃，饒了我吧！

我在內湖的草叢裡跳啊跳，想起這些往事。想起那趟長江三峽之旅，吃了好多苦！草叢拍攝結束後，收工散步回《鏡好聽》的辦公室。我跟攝影聊起近況，他有感而發地說：「你算是熬出頭了。沒有離開過《壹傳媒》，不知道外面有多險惡。」我苦笑，都懂，都明白。

我們因為各自的理由，先後離開《壹傳媒》的保護（與壓力），到外面闖蕩。這二十年來，我為了超越名片上的頭銜，拚命努力；他也在不同媒體流浪，想闖出名號。我們各自經歷許多職場上的鬼故事，終於上了彼岸。

一路險阻，幸好我們都沒有溺死，而是笑著重逢了。

道別前，他又說了另一個我早就遺忘的小故事。我在長江上接到長官電話，很緊張，以為稿子出錯。結果是好消息，檢討會上，黎智英讚美我的東京報導寫得很好，我介紹築地市場的壽司店，他也去吃了，非常好吃！我在船上高興得又叫又跳，黎智英很難取悅，尤其美食跟旅遊要入他的眼，何其困難，但我做到了。

東京那趟旅行是所有國外差旅中，流過最多眼淚的一趟。白天採訪有很多不確定，晚上回到可以看東京夜景的五星級飯店，一邊寫筆記，一邊偷哭，壓力無人可說，也不習慣說。出差時，我希望大家能高高興興，工作那麼苦，沒有誰必須承擔別人的情緒與壓力，我自己躲起來哭就好。

幸好結局是好的，竟然得到黎智英的讚美，真是太好了，那些眼淚都值得了。

每當這幾年有人說我「熬出頭了」，或者說我「有成就」時，我都惶惶不安。不不不，小貓沒有什麼成就，也還在熬著，我只是繼續往前走，每天把工作做好，每週一寫工作清單時，都覺得這週應該會垮掉吧，會累死吧，但很幸運地都把工作完成了。

所謂的「熬出頭」，就像在長江上行船，有爆炸聲、有花香、有開闊江景、有高聳峽岸，偶爾還得棄船走山，曲折不斷。再怎麼苦，總會有下船的一天，只希望大家聽我說故事時是開心的，這樣就夠了。眼淚我自己知道就好了。

13 人生只需等待花開

前幾天去採訪一位老師，主題是政治。老師卻突然歪樓，講起原子跟量子糾纏，他說：「我們看到的世界並不是客觀的，而是由每一個人的原子排列而成。比如你眼前的杯子，也是透過你自己的原子排列而成。」

聽起來玄妙，卻不難理解，這就是「我即宇宙」的概念。每個人眼中看見的世界，都是透過自我經驗折射而成，就像面對同一個人，我們會帶著自己經歷過的歷史，以及與他交手的過程，認定他是天使或賤人。

老師又說：「我們有能力影響事件最終的結果。」他舉了很多例子，我忍不住插嘴：「要怎麼樣才能影響事情的結果？」他神祕一笑：「潛意識的力量比我們知道的更強大，人們都以為意志力決定一切，其實，真正主宰的是潛意識。」

我是個專業記者，很少歪樓，更不可能在採訪的場合說自己的私事，但這天的歪樓太瘋狂，介於科學與迷信間，連潛意識都來了，我能不歪嗎？

我好奇問：「可是人要怎麼控制潛意識？」他舉選舉為例，某候選人說：「我不畏戰，也不懼戰！」我聽了秒回：「於是戰就來了！」

他大概覺得我有慧根，決定順路送我回家，還說：「我順道去接潛意識老師，你們可以聊聊。」靠！還有潛意識老師！我決定緊抓住這個緣分，我太好奇了。

潛意識老師是個長頭髮的女性，很年輕，說話好輕柔。我忍不住把我「充滿靈感」的生活統統告訴她。我常覺得我被老天爺眷顧，當我沒有案子時，只要躺在床上說：「老天爺，我沒有案子了，給我一個案子吧！」一、兩個小時後，我就會接到新案子。我甚至曾經很任性地跟老天爺說：「不然這樣，我什麼都不做，你直接給我一筆錢吧！」當天我就收到業主莫名地匯一筆錢給我，沒有理由，不求回報。

「為什麼老天爺要照顧我？」我納悶很久了，終於有人可以問。

「你的頂輪很開，靈性層次也很高。」潛意識老師說：「但你要謹慎，能量是互相交換的，你換來這些好運，就得付出代價。比如，你的健康。」

老師繼續說了許多關於我的細節，我嚇一跳，覺得自己被看穿！潛意識老師笑說：「我看的是能量場，不是你的祕密。」

原來這位潛意識老師來自女巫家族，族中女性總會遺傳到一些能力，她們都留在宮廟幫人「辦事情」，她想走出不一樣的路，於是開始「現代化通靈」（也就是幫忙開啟潛意識）。

我把話題繞回使用潛意識，追問：「既然潛意識可以改變一切，那要怎麼變成億萬富翁？」老師又笑了，我的問題雖然很荒唐，卻很實際啊！她說：「這是最簡單的。你甚至不用相信自己會變成億萬富翁，你只要把這件事寫進潛意識，知道這件事就夠了。」

技術性的問題才是關鍵，究竟要怎麼「寫入」潛意識？真的不需要用意志力來控制嗎？《駭客任務》裡面，讓湯匙扭轉的小孩，運用的難道不是意志力？究竟什麼是「只要知道就足夠了」？

她笑著說：「我們本來就是豐盛的，你只要把自己活豐盛了，自然就會有錢。人生本來就是快樂跟享受的。」

我驚訝不已：「人活著不是苦的嗎？是來做功課的啊！我們可以快樂嗎？」

她溫柔地說：「做功課也可以是快樂的啊。」

今天下午的歪樓都值得了。雖然我還是不明白要怎麼把億萬富翁的程式寫進潛意識，雖然我對量子糾纏還有很多疑問，光是最後一句話就夠了。

「做功課也可以是快樂的啊。」我的人生觀被徹底翻轉，我看起來樂觀，骨子裡卻很悲觀；我總是認為人生好苦，所以我們更要努力讓自己快樂。

如果從一開始就是快樂的呢？如果人生本來就是豐盛的呢？這彷彿是我今年的功課：體會生命未必是苦的，學會把很多很多擔憂放下。

生命本來就很豐盛，我們只需等待花開，不需憂慮花苞何時綻放。

下著雨的濕冷台北，我再度聽到天使說話。

14

願我永遠真誠勇敢

每年生日，我都把第一個願望留給別人。

以前是願身邊的人健康平安，希望家人朋友都好好的。參與同婚運動那幾年，我則許願「同婚趕快過」，許了好多年，有幾次甚至氣哭著許願，嚷著：「同婚趕快通過！盟盟不要再欺負同志了啦！」

同婚通過後，我把願望給了香港。看著香港人用肉身抵抗強權，被黑警打得頭破血流，甚至在大街上被近距離射殺，香港不再是繁華香江，而是濺血之城。太難過了，於是我許願：「香港平安。」去日本旅行也特地在寺廟為香港祈福，掛繪馬時，發現有好幾塊都寫著「香港平安」、「願榮光歸香港」，原來大家的願望都一樣。

接著是變種病毒對全世界帶來巨大傷害，人類生活產生劇變，居處隔離、國境關閉、工作社交都停止，街頭空無一人。許多人失去親人，卻無法見最後一面。這是我有記憶以來，親眼所見最大浩劫，我把願望留給這個世界，盼望人類趕快學會與地球共處、好好和解、相愛，不要再有這麼多生命逝去，人與人可以重新擁抱。

我的願望是「世界和平」。聽起來好老派，這不是環球小姐選舉時的標準台詞嗎？可是我是真心的。

我不知道願望會不會成真，而且一年只有三個願望額度，但我願意分享給需要的人，做一個有期盼、理解痛苦與慈悲的傻瓜。

今年生日前夕，中信兄弟又要打總冠軍賽了。身為不離不棄，陪伴兄弟經歷假球、轉賣後的低潮，以及六次亞軍恥辱的象迷，今年說什麼都要把願望留給兄弟，一定要拿總冠軍啊！雖然朋友笑我浪費願望，可是象迷的心是肉做的，七年六亞太悲慘了，三個願望都送給兄弟也不為過！

沒想到中信兄弟今年逆境翻轉，竟然直落四打贏統一獅，在我生日前就拿到總冠軍。我莫名其妙多出一個願望額度了！

我想了許久，決定今年要把願望留給自己。我這個人雖然看起來很自我中心，其實傻到不行，無論是去廟宇祈福，或者生日許願，我都把朋友家人、世界和平放在自己前面，總覺得為自己祈求很自私。

也該留點什麼給自己吧？自從中醫老師叫我要滋養自己後，我就時不時把自己放在心上，我也是宇宙的一部分，也該被愛啊。何況今年真的不是太好的一年，遇到很多挫折，年末身體又出狀況，我好需要願望。

今年生日，我第一次把願望留給自己，希望自己健康平安，豐盛圓滿。

上個禮拜偶遇的潛意識老師說：「金錢只是物質的交換。」當下我聽不懂，許願時卻突然想通了，是啊，金錢不過是我們用來交換物質、維持日常生活的介質，金錢是流動的，生活豐盛才是真的。我從來都不是金錢富足的人，生活卻很豐盛，餐桌更是豐盛。不匱乏，就是富有。

除了生日許願，我更盼望在四十九歲這一年，我已經不再年少，而是逼近老年的此時此刻，我能夠如少時一般，無所畏懼。

我盼望我能夠永遠真誠、勇敢，無所懼怕地大步向前，無論是生活、寫作，或者人生路途，都要勇敢。與其說這是生日願望，更像是對自己的期許。

裹足不前的妥協與退縮，才是失去；無所懼地勇往直前，才不會失去自我，失去夢想，失去對自己的承諾。

15 不再害怕黃昏

從小我就害怕黃昏，黃昏代表孤獨，代表被遺忘。

爸爸媽媽總是不在家，白天還好，小朋友們一起玩，誰都不想回家，到了黃昏，大家被爸爸媽媽喚回家，我跟弟弟變成無人看顧的野孩子。

我們一起玩耍的幼稚園裡，有個叫「地球」的大型玩具，一根支柱把巨大鏤空的球體撐離地面，一格一格的鐵圈圍出整個球體。我們緊緊抓住鐵圈，拚命跑，跑到地球快速旋轉，再把雙腳踩在鐵圈上，享受離心力帶來的快感。

地球飛快旋轉，我們大笑尖叫。飛啊轉啊，永遠都不要停下來多好。

天漸漸黑了，大人一個個來喚自己的孩子，剩下最後一個玩伴，我跟弟弟近乎哀求：「再玩一次嘛，很好玩啊！」

「不要！太晚回去，飯菜冷掉，我媽會罵我！」玩伴跑了。

地球慢慢停下來。我看著弟弟，問他：「你晚餐想吃什麼？還要吃牛肉麵嗎？」

媽媽跟巷口賣牛肉麵的劉奶奶說好，我跟弟弟餓了就去吃，她月底再去結帳。

「我不要吃牛肉麵！」弟弟抗議：「昨天也吃牛肉麵欸！」於是我帶弟弟走遠遠的路，去吃米粉跟切仔麵。

比黃昏更討厭的，是冬天的黃昏。天黑得更快，玩伴們都換上厚外套，卻沒有人幫我跟弟弟換季，更沒有人在意我們餓了冷了。我們自己照顧自己長大。

天一黑，地球就不會轉動，笑聲沒了，肚子餓了，我跟弟弟等著不回家的爸爸媽媽。

我們孤單害怕，又很勇敢地長大了。

直到中年我才知道，原來，黃昏是一天中最容易感到憂鬱的時刻，黑夜白天交界，能量場也在轉換了。有很多人也不喜歡黃昏。

在出版《文藝女青年這種病，生個孩子就好了》時，讀到作者蘇美寫的〈有一種孤獨〉。尋常傍晚，她在廚房炒菜，陽光射進小廚房，她正要炒一把春日茼蒿，澎鬆的青菜用草梗紮著，她拆了一半下鍋，另一半鬆鬆地躺在架子上，剛學會走的孩子拍廚房門，嚷著找媽媽。這麼尋常的時刻，她卻深刻地感受到孤單，那是無可言說的，只有自己一個人的孤單，不會因為有了伴侶、孩子，就不再孤單。

我的好朋友 Joy 也曾經害怕黃昏。她的媽媽也好忙，常常看不見人影。放學後，她迫不及待想回家跟媽媽說話，她好依戀媽媽，可是媽媽不在，家裡空空蕩蕩。結婚生子後，無論多忙，她都堅持要回家為孩子做晚餐。天色轉黑，她在廚房起火開灶，玄關燈亮了，鞋子一雙一雙多了，孩子把書包扔在客廳，鑽進廚房撒嬌：「好餓！今天吃什麼！」窩在她身邊說個不停，像隻幸福的小狗。

如今的我，不再害怕黃昏。冬天天黑得快，寫稿寫到一個段落，�進廚房，拿出冷凍的酸白鍋，或者沙鍋魚頭，放進大砂鍋裡，下很多白菜、番茄、芋頭，滾開後小火滾一會，就會有冒著熱煙的晚餐。

許多年前，我帶過兩天的寫作坊，最後一堂課，我請所有的同學用「我想回到X歲那一年」做第一句話，寫一篇文章，並且分享。有個年輕男子分享他的文章：我想回到七歲那年，告訴那個跪在客廳的小小的我，跟他說：「爸爸媽媽要離婚不是你的錯，你不要跪了，也不要哭了。」他念著念著，又哭了。哭了也好，就當作清洗傷口吧。

我也想起九歲那年，在旋轉地球旁覺得孤單的我，我想回去那個小女孩身邊，輕聲告訴她：「以後你就不會孤單了喔，你會有自己的家，有愛你的人跟愛你的小狗，你會為自己煮一鍋熱湯。」

地球繼續旋轉，轉啊轉，我們長大了，偶爾孤獨，卻不再害怕。

16 鉅細彌遺的悲傷

週五中午，小阿姨打電話來，氣急敗壞地說：「你媽沒有力氣，站不起來，連煮飯的阿姨來了，她都沒辦法開門！你趕快回來一趟！你媽營養不良啦！」

我知道媽媽狀況不好，但她不願跟我住，一天到晚逃跑，我只好送她回桃園，讓她安心不亂跑，再請人來煮飯給她吃。媽媽愛吃懂吃，老是挑最好的吃，哪知道老了會這麼瘦，被人說是「營養不良」，我心酸到眼淚要掉下來。

我即刻帶上小狗拉著行李箱回桃園。阿姨回去了，媽媽坐在客廳發呆，我沒事人般地跟她說笑，打招呼，我不想嚇到她。媽媽更瘦了。原本安排每週一、三、五請居服員來煮飯，其他時間媽媽可以自己弄點想吃的。之前都挺好的，沒想到才十幾天，媽媽就退化得這麼嚴重。我叫外賣，點了媽媽愛吃的五更腸旺，希望騙她多吃點飯。該睡了，我半哄半扶地把媽媽哄到浴室，她不肯洗澡，至少要擦一下，要刷牙漱口。

擰了一把熱毛巾，想幫媽媽擦身體，低頭卻紅了眼眶。媽媽瘦到肌膚都摺成等高線，軟軟地攤在腰間，乳房也塌了。媽媽年輕時很瘦，中年發福，總是在意小腹太大，其實福態才美，如今瘦成這樣，身體都是風霜。

我擦拭媽媽身體的皺褶，突然明白，照顧年老的母親，是一種鉅細靡遺的悲傷。媽媽的每一處都在微小地崩塌，碎屑滾落，人也跟著傾倒。我的心也跟著那些碎屑，一點一點地崩塌了。

把媽媽送上床後，還來不及喘口氣，送洗衣機的工人來了。真的是我佛慈悲，因為媽媽洗衣機壞了，好多衣服都泡在水裡。今天送來，明天正好來個大清潔！週六起床，媽媽睡得很熟。我隨便吃點東西，匆忙洗了第一鍋衣服，就帶小狗出門便便，順便幫媽媽採買日用品。我買了保潔墊、亞培安素、曬衣夾，還買了一尾鱸魚、一顆白菜，想做紅燒魚跟白菜滷，哄媽媽多吃幾口飯。

回到家，媽媽也醒了，半哄半扶把她從床上移到客廳，檢查她的床單。昨日睡前我就在想，媽媽整天都癱在沙發上，或者躺在床上，她總要上廁所啊……。果然，她真的尿床了。

這是我第一次發現媽媽尿床，我的心被用力地撞擊，再度碎成細屑。明快俐落，爽朗又愛乾淨的媽媽，已經無法行動自如，連起身上廁所都做不到，連尿在床上都沒感覺。

這下該洗得更多了。泡水的髒衣服、尿濕的床單、被單、椅墊，還有才換上又尿濕的褲子。洗到深夜，不得不暫停，週日正好要在桃園演講，簡報檔還需要再改一下。我有我的日常要過。

週日一早，洗漱乾淨，人模人樣去演講。提早到了，找家咖啡館，吃很好吃的法式燒餅夾培根蛋，這是週末吃得最舒服的一餐，不用盯著媽媽，不用趕著拆床單洗衣服，不用裝開朗哄媽媽吃飯⋯⋯。

演講很順利，走出演講廳，冬日正午的陽光好舒服啊，我不想太快回家，坐在公園的大樹下發呆，突然好想念曼娟老師的聲音，想起她總是很溫柔地跟我說：「小貓，你很棒了。」

想起她在書裡說的，做為照顧者，有時候不需要有太多情緒，把自己當作一株水草就好。

「我是一株水草，我是一株水草。」洗衣服洗得好累，我就默念這兩句話。「我是一株水草，我是一株水草。」面對長輩們關心卻急促大聲的詢問時，我也在心裡默念這兩句話。

這一切都好不容易。前路漫長，長到我好害怕，今天只是開始，未來的十年，都是這樣的生活嗎？我害怕到，覺得自己很自私。

17 二〇二一年，最重要的三件事

吾友阿桃每到年底都會跟我們玩一個遊戲：「今年對你最重要的三件事是什麼？」說也奇怪，平常忙到無法相聚的大家，在年底都會莫名相聚，分享今年最重要的三件事，心也會靠得很近很近。

今年對你來說最重要的三件事，是什麼呢？

我的三件事是：遇到很多無法控制的挫折、到法鼓山打禪，以及媽媽更老了。

二〇二一年，充滿挫折的一年。

而且所有的「失敗」都不是我能控制的。預計要出版的書，出版團隊突然解散，起了頭的書稿無以為繼，就這麼放著散著，可能永遠都不會寫完了，真的很遺憾；某項ＩＰ計畫到最後一關突然卡住，走不下去，我不服氣，找很多方法想突破，最終還是放下。在職場闖蕩這麼多年，我其實明白每一本書、每一個案子，都有自己的命運。

不安的時候，就提醒自己：「不是誰的錯，只是因緣尚未俱足。」

二〇二一年，法喜充滿的一年。

挫折與不安中，幸好有法鼓山跟《金剛經》支撐著我。一直想去法鼓山打禪，某次跟朋友吃飯時聊起這件事，就被推薦參加了「自我超越禪修營」。三天的禪修課，與世隔絕，專注修習佛法，把俗事看得稍稍透徹。當然，紅塵裡的我還是無明，內心卻有些什麼改變了。

下山後，我每天晚上抄《金剛經》，一天抄一段，再對照著沈家楨博士的《金剛經的研究》，一段一段，慢慢理解《金剛經》，慢慢理解什麼是「凡所有相，皆是虛妄」，練習「不取於相，如如不動」，複習幾年前就好喜歡的「應無所住，而生其心」。常常忘記，依然毛躁，人生真的是漫長的修行。

困惑的時候，默念聖嚴法師說的：「不思善，不思惡，本來面目是什麼？」答案自然會浮現。

二〇二一年，傲嬌又勇敢的一年。

年中心臟不舒服，急診了幾次，不能打疫苗，也不能運動。停止運動對我是很大的挑戰，這幾年我愛上運動，煩躁不安時，我就去跑步，或者打拳，把所有的情緒透過運動徹底發洩，用狂噴的汗水把自己清洗乾淨。不服氣跑了幾次，像困獸一樣掙扎到年底，突然想通，也許老天爺就是要我慢下來，要我用瑜伽取代拳擊。這樣的安排，必然是有意義的吧。

比起自己生病，媽媽的年老更難以承受。她老化的速度，我用盡全力也追不上。我已經做了我能做的最好的安排，還是無力阻止她衰老。聖誕夜，媽媽開刀，把跌倒錯位的肩骨固定。我帶了玩具熊跟我一起在醫院陪病，常常覺得自己很勇敢，有時候又覺得自己很差勁，我的堅強支撐著我的脆弱。

沮喪的時候，就想著曼娟老師在《我輩中人》說的，我是一株水草，我是一株水草。我不悲傷我不憤怒我不隨外境起舞，我只是一株長在這裡的水草。

最難過時，曼娟老師對我說：「我知道你很強大，傲嬌而強大。」傲嬌跟勇敢可以並存；脆弱跟堅強也會互相做伴。

你這一年過得好嗎？你最重要的三件事又是什麼？

18 諸佛菩薩會眷顧我們的

每年的一月一日，我都會為新的一年設定「關鍵字」，有點像是許願，期待自己在某些方面更精進，更完美。

比如，有一年實在過得很「虛華」，很吵鬧，於是新年願望是「沉潛」。我大聲許願：「新的一年，我要沉潛！」太太很驚喜：「你要存錢？」不，我是瞿愛買欸，我怎麼可能存錢啦！

又有一年，因為覺得自己對朋友任性到無法無天，許願要「對朋友好」。結果年初就遇到照顧我們花蓮生活的朋友病了，有好長一段時間，我為她妻子準備晚餐，陪她吃飯。幾個月後，朋友還是走了。也是同一年，敬愛的老師也病了，我們一樣陪她吃飯，哄她吃昂貴又古怪的營養品，老師最終也走了。唉，我許的是什麼爛願望！

我還許過「天道酬勤」、「精進」，逼自己更努力，成為一個更好的人。最終，這些願望都變成「考題」，那一年所有的事情都衝著關鍵字來。現在想想，正是因為「缺乏」，所以「渴望」，難怪每一個願望都變成功課。

二〇二一年實在太辛苦。年初，幾個大計畫都因為不可控制的因素喊停，年中生病，第一次在急診被餵食舌下錠，害怕自己就這樣死掉，從此成為隨身攜帶硝化甘油的人。年末，媽媽用我來不及追趕的速度變老，我一直活得很自由、很傲嬌，第一次承擔別人的生命，非常笨拙。

這一年實在太苦了，苦到不想回顧，也不想再精進。年末時，我想著來年不要再許願了吧？我承擔不起更多考驗了。

二〇二二年到來的清晨，我突然靈光一現，我要用祝福取代願望。我已經快五十歲，我已經夠努力了，我不要再給自己考卷了。

我不想再逼迫自己，更不想再追求完美。能把每一天過好，就功德圓滿。

二〇二二年，怎麼看都是辛苦的一年，預計完成三本書，還要照顧媽媽，太難了，無從安慰，無可迴避。那就提醒自己「不要怕」。不安、恐懼的時候，就提醒自己：「小貓，不怕，你是被諸佛菩薩眷顧的小孩啊。」過去的一年太辛苦，在脆弱到幾乎痛哭時，卻總是有人伸出手，幫我一把。工作夥伴為了讓我休息，貼心地延後工作時間；在醫院束手無策時，好心的護佐幫我找到看護。一直一直有人在守護我啊。

一月一日早晨，參加朋友的攝影集分享會，她曾經是知名攝影師，中年出家，追隨羅卓東由仁波切修行。發表會這天，仁波切意外現身開示：「好好回顧二〇二一年，你做了哪些善事？二〇二二年要更加慈悲。」我忍不住哭了，我很努力地做了很多好事欸，我持續在做性別運動，還為弱勢家庭做便當，難道不夠嗎？人生怎麼這麼難！

把眼淚擦乾，翻著攝影集，看到仁波切寫著：「菩薩的祝福，一直圍繞在我們身邊，未曾遠離。」是啊，雖然苦，卻不孤單。那些被幫助的片刻，就是被菩薩祝福的片刻。

寂天菩薩說：

天空還在的時候，
眾生還在的時候，
願我同在，
願能平息眾生的苦。

永遠不要忘記，我們是被眷顧的孩子，諸佛菩薩會保佑我們的。

19 親愛的美娥，謝謝你

週六去台北流行音樂中心，看全民大劇團的《同學會，同鞋～》。其實我根本不知道劇情，我是為了萬芳而去。

沒想到第一幕就讓我鼻酸。故事的背景是文化大學，是我們文大啊，我親愛的母校，我心愛的陽明山！我人生最青春、最任性狂妄的四年，就是在文化大學。

無論畢業多久，每當我面臨人生抉擇，又想為了寫作，放棄高薪的工作時，我就會回文大的曉園看夜景。我在校園閒晃，看著錯身而過的大學生，想著：「二十歲的瞿欣怡，會怎麼選呢？」我不想聽世故的評估，我不想離年輕的自己太遠。每次，我都會下定決心離職。我在文大時，就已經決定這一生要寫作，那就勇往直前吧。

在「北流」無預警撞上在文化大學的我。那個愛穿熱褲配馬汀鞋的我，理著平頭卻故意穿上純白洋裝的我，那個對世界還很好奇，無所懼的我。

只消一眼，我就認出那是我們看夜景的地方。大學一年級時，我看了一整年的夜景。在小丘旁，總有一些矮樹遮住近處的視野，可是往遠處望，就是整個關渡平原，我甚至可以指認出哪一條是大度路，最蜿蜒閃亮的就是了；我也認出黑暗的地方，那是淡水河，更遠的是觀音山。

當時的文化大學還是最後一個志願，我聯考考了三次，才吊車尾考上文大。我實在很不甘心，怎麼會淪落到這裡。我每天看夜景，想參透人生，現在想想真是可愛，才大學一年級，白紙一張，哪有什麼人生課題好參透？

每天陪著我看夜景的，不是同班同學，而是書評社的社長，美娥學姐。她每天從麥當勞旁的校外宿舍，走到學校給我送宵夜，陪我看夜景，聽我講那些幼稚失志的話語。後來我才知道，她每天陪我看夜景，是盤算著她卸任後，拱我接書評社的社長。

在美娥眼中，我是個奇怪又好玩的學妹。我會買各種白色的花，插在書評社社辦；我不跟男生談戀愛，後來她才知道我苦戀著高中女校的同學；我會半夜敲她房門，叫她借我錢，我要下山喝酒，她一邊罵，一邊掏錢，而且很大方，直接借我一千元。

美娥愛我，而且對我很好奇。我們去淡水夜遊，回程在擠得要命的公車上，她突然說：「欸，瞿小咪，我可以問你一個問題嗎？你是外省人，為什麼支持台獨？」

「靠北啊幹！我都快累死了，你問這什麼鳥問題！幹！」我氣死了一直罵髒話，在擠滿人的公車上哈哈大笑。

那真是一生中，最純真無懼的歲月了。陽明山有夠濕冷，房間地板縫隙永遠是黑色的，冬天棉被是冰的，出門一講話就噴白煙。還有陽明山獨有的硫磺礦，誰蹺課去泡溫泉，回到教室一定會被發現，臭死了！

眼前的《同學會，同鞋～》不斷搬演，我跟著笑，跟著哭，然後望著背板的草山夜景發怔，我好想念我的文大。

雖然沒有「同學」，但我有美娥。畢業後，為了寫作，我常常離職，窮到連吃飯錢都沒有，硬著頭皮跟美娥借幾千元，她匯了一萬元給我，而且不許我還，她說：「要還就還一百萬！」

幾年後，我工作穩定了，換美娥碰上困難，跟我借十萬，我毫不猶豫把戶頭裡僅有的二十萬都匯給她，跟她說：「都拿去，你不要再跟別人借了。」我不希望她為了錢，跟別人低聲下氣。

我們曾經單純地崇拜文學，徹夜聊張愛玲刻薄到讓人愛死了；在教室開紅酒，讀朱天文的《荒人手記》；沉迷台灣鄉土文學的我，寫滿整個黑板「鄉土文學論戰」始末，講得口沫橫飛，也不管別人愛不愛聽。

我們陪伴彼此，面對生命的難堪。我的寫作之路並不平順，吃了很多苦，我不愛訴苦，美娥是我的樹洞。

我們一起青春，也一起老，老到連美娥的女兒都考上文大，變成我們的小學妹。

美娥，是我生命中最溫暖的存在。舞台劇中，結婚前一天被退婚的女孩小妮，傷心地哭倒在同學曉芳懷裡，曉芳哄她：「你還有我啊～」

我眼眶紅了。美娥曾經說：「山上的生活像修行，下了山就是紅塵俗世。」親愛的美娥，不管是山上還是紅塵，謝謝你一直在我身邊。謝謝你。

20 黑頭車裡的小確幸

最近因為疫情再起，每週到外縣市開會，合作單位都會派車接送，減少搭乘大眾運輸工具被傳染的風險。

時間到了，司機就在家樓下等著，我上下車時，會幫我開車門；開會時，司機在附近等待，等我開完會再來接人。

第一次有這樣的禮遇，心情很微妙。忍不住想起人生中每一次「升級」，像在搜集小星星貼紙。

我們小時候都穿牛頭牌運動鞋，菜市場小鞋店買的，大家都一樣。後來有同學買了最流行的K-Swiss，球鞋側邊有五條斜槓，好時髦，好想擁有一雙，彷彿穿上K-Swiss，就會變得很炫。好不容易找盡藉口，把牛頭牌穿爛，忍到老媽打麻將贏錢那天，凹老媽幫我買一雙K-Swiss球鞋。好不容易可以買名牌鞋，當然要選最張揚的顏色，要讓人家知道我買得起啊！回家捧著鞋盒，欣賞印在上面的Logo，再慎重翻開包裝紙，拿出嶄新的球鞋，那一瞬間覺得自己長大了，不再是穿著牛頭牌的蠢孩子。

幾年後，流行的品牌變成Nike，各種各式的Nike讓人眼花撩亂，我把K-Swiss穿壞，求媽媽讓我買一雙Nike。第一次擁有小勾勾球鞋，恨不得所有人都可以看見鞋子上的勾勾，走在路上，也忍不住低頭看勾勾。

還有各種各樣的升級，擁有第一件Esprit的T恤，買了一件Benetton的帽T，還有一件Polo的短褲……。這些都不是了不起的國際精品，但對我們這樣普通家庭出身的孩子，青春期能夠擁有這些品牌的衣服，已經很奢侈了。每一次的擁有，都像是第一次穿上屬於我自己的K-Swiss，心情很激動。

這種「激動」有點幼稚，卻又單純得很可愛，就是小屁孩覺得自己長大了，跨入不同的人生階段，頭抬得高高的。我很珍惜這種「幼稚的長大」的心情。

上大學自然要穿「馬汀大夫鞋」。大三寒假，我去百貨公司打工，又拿了些壓歲錢，想買一雙看了很久的馬汀大夫，可是又很捨不得，畢竟一雙鞋要五千元，對大學生來說實在不便宜。結果收假回學校的第一晚，就打麻將輸了五百元，心好痛啊！當下決定與其把錢輸光，不如買雙渴望很久的靴子，隔天就找同學陪我去天母挑了一雙棕色的八孔短靴。那簡直就是長大後最光輝的時刻，我有馬汀大夫鞋了！

後來我又咬牙花了兩千元，買一個紅色的JanSport後背包。穿著Polo的短褲，配上Benetton的小背心，踩著馬汀大夫鞋，還背著JanSport背包，走在校園覺得自己好時髦，好有品味。

除了衣服鞋子升級，保養品也要升級。中學打工後，在百貨公司買了一套詩芙儂，付錢的當下很得意，沒想到化妝水的酒精成分太高，我一擦就滿臉通紅，老媽氣得帶我去專櫃退貨，罵櫃姐為了業績欺騙小孩（可是，媽，我付錢付得心甘情願啊！）。

上了大學，堅持要買兩組佳麗寶防曬乳，一個是臉部專用，一個是身體專用，媽媽跟弟弟嘲笑我：「拜託喔，你又被騙了啦！難道塗身體就不能抹臉嗎？哈哈哈，好蠢。」笑屁啊笑！不一樣就是不一樣啦！你們不懂！

大學時偷偷存錢買了香奈兒No 5.香水，比當時流行的雅頓向日葵貴好幾倍！拿著Chanel提袋走在路上，就是不一樣啊！儘管那瓶香水真的不適合大學生，太豔太成熟，只用了幾次，但，那是香奈兒！光是擺著就夠好看了！

不過我的名牌追逐，大約就停在這裡了。大學畢業後不能再騙家裡的錢，花自己的錢很肉疼，更何況我的作家夢三五年發作一次，把穩定工作辭了，想要有奢侈品，難上加難。

這幾次被黑頭車接送，童年那種小小的竊喜又回來了。就像看著Nike小勾勾發笑的小女孩，我在黑頭車裡，偷偷地快樂著。

我很珍惜這種微小的有點幼稚的快樂，開會時才需要裝大人，我坐在安靜的黑頭車裡，只有自己的時候，暫時不用長大。能夠為了小事開心，多好。

21 鹹酥雞小尾牙

我很喜歡吃尾牙，過去一年工作那麼辛苦，到年底歡聚大吃，所有工作上的不愉快，敬一杯酒就過去了，職場江湖哪有永遠的敵人，一笑泯恩仇，未來好做事。

當記者時，吃尾牙是工作，每一個品牌都會隆重地在飯店宴請記者，有沒有獲邀？到現場坐在哪一桌？禮品拿的是大包的還是小包的？都要暗自較勁，表面歡欣熱鬧，實則就是是社交場，品牌跟記者都要盡責喝酒打好關係。一週三五攤的媒體尾牙，吃到最後菜色好不好已經吃不出來，不就是佛跳牆、干貝燴芥菜、人蔘雞湯嗎？

成為自由工作者後，每年只剩下一個尾牙，太太當董事的出版社，收容無處可去的我，每年一聚的股東、眷屬，熱切地問好、擁抱，不是社交，而是真誠的關心。

這幾年慢慢多了幾攤尾牙。媒體的前同事們組成「好舒服集團」，既然是「集團」，尾牙跟春酒都是必須的；平常愛揪吃飯的朋友，更是要趁年末來個團聚，也要湊熱鬧，當成小尾牙。

今年還多了「鹹酥雞小尾牙」，週五上禪柔課，發現是年前的最後一堂課，下課後到鄰近小酒館「辦尾牙」，吃「台北市最好吃的」鹹酥雞！

沒有龍蝦鮑魚，但是有滿滿的炸雞皮、雞屁股、米血糕、甜不辣、魷魚頭，每個人隨自己喜好點梅酒、熱甘蔗汁、長島冰茶……。自在隨性又有點放縱，眾人卻直呼這是比佛跳牆更棒的尾牙。是因為心意吧。這場尾牙不用寒暄社交，也不用假意稱讚，我們甚至還穿著運動服。八、九個人，擠在小小的酒吧角落，偶爾抬槓，大部分說的都是真心話。

人到中年，朋友是「減法」，不適合的就隨緣散了，能夠交到新朋友，很不容易。而我們是新朋友。本來只有三、五個人熟識，因緣際會上了禪柔課，愈揪愈多人，最後變成十個人。每週五見面，上課提升身心靈，下課解放身體，成為酒肉朋友。

我們來自不同領域，有各自的生活圈，對彼此友善又好奇。我們世故地保持禮貌，卻又願意稍稍敞開自己，讓對方走進來。

小尾牙的話題很廣泛，從旅行住過的飯店、什麼是抖S跟抖M，中間還夾雜很多超沒營養的笑話，最終，停留在「做自己」。

B說，她今年決定要做自己之後，很多事情都突然打開，人也變舒服了。B體貼聰明又追求完美，總是習慣招呼大家，怕冷場、怕有人不開心、怕自己不夠好。其實，人本來就有缺點，本來就不夠好啊。沒有誰是完美的，是要永遠體貼的。

B想放下老是追求完美的自己。我想到一件小事，突然覺得是時機可以說了，於是跟她說起在某次酒攤，她冒犯我了。我知道她是出於好意地規勸，但我有我的歷程，我需要按照自己的速度向前。B的急切是好意，卻也是冒犯。

講完之後，我才知道大家都看出我那晚不開心，我們卻都不做反應，這是好的「世故」，也是體貼。那天喝完酒，我回家消化一晚，隔天就放下了，因為這就是B啊，她就是如此善良卻又急切的人啊，沒有什麼好在意的。

能夠在朋友面前做自己，是很幸福的；能夠放手讓朋友做自己，而不覺得被冒犯，也很幸福。

中年才認識的新朋友，帶著世故的體貼，包容著彼此的張揚、白目，甚至收容了對方的脆弱。更重要的是，我們在原來的生活裡，都經歷過挫折低谷，見識人性的醜惡，明白世界有陰暗面，卻仍願意對彼此懷抱善意，這是很美好的緣分。

在以為人生就是要斷捨離的年紀，真的捨棄一些朋友後，意外地收穫了新的朋友，覺得老天爺真好，有新朋友真好。

年輕時很在意尾牙是不是在五星級飯店，佛跳牆有沒有鮑魚，長年菜的干貝是一整顆還是干貝絲，尾牙抽到五千元還會不開心，因為想要一萬元！

可是這晚的鹹酥雞尾牙簡單，卻美好難忘。不只是因為我獨享了一份炸雞皮，而是能夠在歲末年終，跟好朋友穿著舒服的運動服，喝著喜歡的酒，隨意說點人生，這就是最美好的年終尾牙。

22 這艱難的一年

以往過年前，多半忙著跟家人吵架，為不得已的家庭聚會，耗盡心神。今年太艱難，難到沒有力氣吵架，難到懷疑人生，不知道這一年是怎麼過的？牛年真的太難了。年初就不斷卡關，進展中的案子，紛紛因為不可控的因素中斷。我不斷自我懷疑、自我責備：「一定是我哪裡做得不夠好？」「如果不要那麼有原則，就可以接到這個案子吧？」可惜我就是我，很難改變。

到了年中，挫折累積得愈來愈多，那些失落到現在都還很深刻。只好去跑步，用肉體上的超越與疼痛，取代內心的無力感。最後連跑步都不可得，第一次清晨跟健身房朋友晨跑，非常愉快，相約再跑，沒想到當天下午台灣就升級為三級警戒，健身房關閉。接下來的三個月，彷彿按下暫停鍵，工作、運動、日常生活，全部停頓。

最後一季，自己生病，媽媽生病，工作突然忙到我很怕過勞死。我很習慣工作忙碌，可是這次的慌亂，前所未有。究竟是怎麼撐過來的？

心臟病發作，深夜不由自主呻吟，那是跟死神打招呼的聲音嗎？偏偏那段時間工作最忙，扣除採訪、錄音，其他時間都在睡覺，不出門不社交不運動，只要有時間就睡，睡得又深又久，睡到原本荒蕪的小宇宙，又繁花盛開。

媽媽更虛弱，不能再獨居。我獨自張羅一切，先把桃園家大清掃，再把媽媽接到台北看醫生、住院。疫情期間，請不到看護，我就在醫院睡了三天。

確定要住院那天，寒流來襲，媽媽在醫院打點滴休息，太太把我拎出去吃飯，叫了一桌豐盛的泰國菜，我們兩人是吃不完的，可是這種時候，就是要滿滿一桌才能撫慰我的驚嚇與疲倦。

今年有好幾個關卡，都覺得過不去吧？會垮掉吧？也許真的會死掉喔（各種意義上的），最終還是活下來了。

那些癱軟時刻，都有太太陪伴。我們約好，我照顧媽媽，她照顧我，負責叮嚀我吃飯、把我趕去睡覺，平常不愛碎念的她，一直很堅定地跟我說：「你要先照顧自己！」「你已經做得很好了！」年末寫出這段話，才知道她有多麼重要。如果不是她，我早就垮掉了。

不過說來也真好笑，我原本對自己撐過這一年，覺得不可思議，想著人的韌性很強大，你以為過不了的關卡，最終還是都過了，所以人生沒什麼好怕。

可是，更認真細想，啊，那些跌到谷底的時刻，我不是在睡覺，就是去吃美食，果真是，吃飽睡飽，人生不怕。連這麼辛苦的一年都可以安然度過，人生應該沒什麼可怕了吧（話不要說太早）。

23

弟弟是什麼時候長大的？

多年前的清明，我跟弟弟一起回新竹幫爸爸掃墓，爸爸安葬在新竹軍人公墓，往年都是弟弟負責掃墓，那一年我正好有空，就跟著一起回去。

弟弟拿出紙巾，把爸爸的骨灰罈擦乾淨，然後放上爸爸喜歡的高粱跟長壽，讓爸爸享用。姪子還小，弟弟就把他抱高高，指著爸爸的照片說：「這是爺爺，你沒有看過他，你看，爺爺就是長這樣，很帥喔！」

我在一旁默默看著，不知道弟弟是什麼時候長大的。那個拿著菜刀在眷村跟我廝殺的死小孩，長大了，成為一個溫柔的爸爸。

弟弟從小就比我細膩，比我戀家。我面對父母吵架的方式，是逃跑，逃得愈遠愈好；弟弟則選擇留下來，他守著空蕩蕩的家，等父母倦了，我逃累了，他幫我們開門。

弟弟到底是怎麼長大的？九歲的他，守著一百坪的家，新竹風大，狂風吹搖院子裡的尤加利樹，聲響極恐怖。小小的弟弟，睡前對著空蕩蕩的家大喊：「爸爸晚安、媽媽晚安、姐姐晚安！」假裝有人回應，假裝他不是一個人，他總是哭著睡覺。

父母無能，我生存的方式是「裝可愛」，我在親戚間流浪，壓抑壞脾氣，假裝是個乖巧甜美的好女孩，以此換得許多保護與疼愛；弟弟的生存方式是「裝堅強」，他很固執，不愛去親戚家，誰想帶他離開，他就張牙舞爪，他不想離開，他一走，這個家就真的沒有人了。

我跟弟弟相愛相殺。爸爸媽媽把零用錢交給我，每天放學，我會帶他去吃飯，吃的也就固定幾家，巷口牛肉麵，或者街上的切仔米粉，都是我愛吃的；我也會幫他寫情書，他很有眼光，看上隔壁巷子最漂亮的那一個。我收藏很多弟弟的祕密。

我們互相依靠，偶爾相愛，時時相殺。我們吵得很兇，拿起水管互抽，在眷村巷子裡追逐，鄰居死黨在一旁大喊：「快逃！咪咪加油！欣德加油！」有一次我們甚至拿菜刀互追，我沒有真的想要砍死他，我只是氣死了，他應該也沒有想要砍死我吧？鄰居這回更樂，全部跑出來圍觀，卻沒有人喊停。嘖。

其實，我早就忘記我們為什麼互砍，肯定是為了很無聊的小事，無聊到我一件都記不得。

說起來，弟弟還是比較吃虧。他很聰明，但是我更機靈，我打不過他，就用計誘拐他來打我，他真的很好激，氣急了就拿鉛筆往我手臂戳，鉛筆芯狠狠地插在我的手臂，我嚎啕大哭跑去找爸爸，手一伸哭得斷腸說：「弟弟打我！」爸爸看到我受傷，氣得把弟弟狠揍一頓，我眼角掛淚，內心竊喜：「這下你輸了吧，你這個白癡。」

弟弟不愛讀書，這點也很吃虧，因為從他一上小學，就會有老師對他說：「你成績怎麼這麼差！要多跟姐姐學啊！你姐姐功課很好！」他真的好衰。他唯一喜歡的是體育課，他甚至想加入棒球隊，每天放學就拉著我講棒球，還示範什麼是「二縫線」投法，假日就跑去新竹棒球場看球，嗨得不得了。我興致來，就陪他練球，更多時候他只能對著牆壁投球。

邁入青春期時，爸爸病了，弟弟成為守護爸爸的小孩。每天早上會陪爸爸喝羊奶、一起去跑步。我則愈加叛逆，常常蹺家，偶爾想到才回家出現一下，表示我還沒死。

弟弟為了照顧爸爸，高中被留級，幸好他交了一群好友，一起打籃球。矮小的弟弟，風暴式長高，長到一百八十五公分，心思還是一樣單純，朋友都叫他「大個」。

弟弟高中畢業前夕，爸爸走了，我跟媽媽很憂慮他的未來。他肯定考不上大學。某次晚餐，我跟媽媽勸他去當學徒，學個一技之長，我還是很壞，跟他說：「不然你去學做鐵板燒好了，我喜歡吃鐵板燒！」弟弟扒完兩碗飯，悶不作聲。

隔幾天，他突然宣布：「我考上軍校，要去當海軍了！」原來他從小的夢想就是當飛官，而我們卻不知道。因為視力的緣故，他無法開戰鬥機，他計畫考上海軍後，再去考直升機大隊。軍校報到前，他甚至把頭髮都理了，驕傲得很。後來弟弟加入反潛直升機大隊，實現飛官夢想。我怕他開飛機危險，他笑了：「怕屁啊！所有的課程裡，我迫降學得最好！不用擔心啦！」

他當軍人時，我還是個大學生，他沒事就給我零用錢，過年還包紅包給我。他曾經說：「你就繼續念書，我供你讀研究所！」那時候我還不知道媽媽以我念大學為藉口，每個月跟弟弟拿錢。我知道的事情太少。

我給出的愛也太少。我依然像個長不大的孩子，常常跟弟弟說：「我沒有要當姐姐喔，我要當妹妹，你死心當哥哥吧！」我生活上有諸多無能，不會報稅、不愛繳罰單、最討厭各種雜事。媽媽跟弟弟一肩扛起，我把弟弟轉賣給我的珍貴的休旅車撞得亂七八糟，稅款罰單都過期，弟弟寄給我一大包文件，仔細跟我說可以怎麼處理，說完嘆一口氣：「我很想幫你跑，但監理處說要本人，只好讓你自己去了。」

我恣意享受弟弟的照顧。媽媽病後，因為種種原因，我成為主要照顧者，弟弟從來不指導、不囉唆。後來我才明白，這也是一種體貼。

弟弟在不知不覺中長大了。甚至，他也邁入中年了。在我心裡，他還是那個很會打《超級瑪莉歐兄弟》的小男生，看《龍貓》會大哭，哭完買一個大龍貓給我，甚至幫我搜集麥當勞的Hello Kitty娃娃。

兄弟姐妹總是相愛相殺。手足不像朋友，無法選擇，我們自小被迫相親相愛，偏偏父母沒有示範如何相愛，於是我們漸行漸遠。幸好我們擁有太多白癡又可愛的回憶，把我們緊緊連在一起，只有弟弟，跟我擁有同樣的痛苦與快樂。

步入中年，我們的稜角都磨平了，終於學會如何避開傷人的語言，好好相處。

手足是逃不掉的血緣，我們也因此學會艱難地相愛。

弟弟也要五十歲了嗎？可是我永遠記得，某年暑假，他被送到親戚家，回來後，他鬼祟招手叫我去他房間，偷偷打開行李箱，慎重地遞給我一個漂亮的硯台，還有一本繪本。我問他：「你偷給我的？」弟弟得意地說：「對啊，你一定會喜歡吧！」我感動地笑著收下，好像忘記跟他說「謝謝」？

謝謝你，親愛的弟弟。

24 願我們永不辜負

這週要錄央廣最後一集的《閱讀女人》，要跟這個從無到有的節目道別了。感觸很深，畢竟這是我第一次主持廣播節目，每週一集，持續三年。

當初會主持廣播，全憑一股傻勁，跟平路吃飯時自我推薦，沒想到她慨然答應，還讓我放手去玩，於是這個談性別與閱讀的節目誕生了。

第一次要去電台錄音時，我忐忑不安，做了非常多功課壓驚，去的路上還戴上耳機聽萬芳的〈Michelle的第一天〉。每當要開始一個新工作時，我都會在去的路上聽這首歌，告訴自己：「你是小貓啊，不要害怕，要勇敢地迎接任何新的挑戰，一切都會很順利的。」

人們只看見我閃亮的一面，卻看不到我的怯懦。我會為自己爭取舞台，上台前緊張發抖，可是舞台燈光一亮，我就拚命做，就算不能做到最好，至少我非常努力而勇敢。我把膽怯放在家裡，把不安留在去程的計程車上，到了現場，我是掌握全局的人。因為這是團隊的事，所有人都圍繞著我運轉，我不能輸給害怕。

抱著不能退卻的心情開始的節目，就這樣做了三年。這三年有很多美好的緣分。認識製作人靜君是一件美好的事，外部主持人衝擊了她們的主持時段，靜君卻依然帶著笑容跟我一起工作，還提醒我：「說話慢一點，但不用追求美聲，保有原本的特質就很好了。」我在《鏡好聽》錄Podcast時，常被讚美口條很好，主持節奏掌握得很好，都是在央廣被鍛鍊的。第一次上場主持緊張到忘記呼吸的我，哪裡會知道我以後主持Podcast能這麼順暢。

靜君開新節目，我換了新的製作人，Simon。他是個高大卻又有點害羞的男人，以前主持運動類型的節目。剛換製作人時，我很不適應，也不確定他對性別議題的接受度。然而，才錄一、兩集，我就知道我錯了，Simon是個心胸開闊又細膩敏感的人。每次錄到悲傷的議題，Simon總是紅著眼眶操作控台。錄愛滋議題時，他也講起愛滋朋友在醫院被歧視的往事，忿忿不平。

每一個人都是一座寶藏，要用心才能看見。在央廣這三年，我就像個把自己敞開的容器，讓來到身邊的人，帶給我新的故事與刺激。

透過一個小小的節目，我認識很多新生代的作家。採訪楊双子談《我家住在張日興隔壁》時，聊了童年創傷與書寫；採訪黃大米談職場，最後她卻成為我在經營社群時的心海明燈；越洋連線採訪芥川獎得主李琴峰，聽她聊創作的心路歷程……。

每一場訪談背後，我都做足功課，每一本書都貼滿小紙條，寫滿滿的筆記，做超量的訪綱。我不想對作家失禮。每一本書的誕生都這麼不容易，作者們帶著書來電台，新人作家羞澀，所以要用心引導；老練作家被問得可多了，所以更要想辦法突破重圍，問些別人沒問過的。

坦白說，每次錄音前，我總是覺得好累，要讀好多書啊！真的可以順利錄完嗎？可是錄音結束後，心都是飽滿的，能夠直接跟作家談論作品，實在太爽快了！更別提每次錄製性別議題時，我永遠是那個最激昂、最感動的人。

小小的錄音間，兩三坪大小，一個控台，兩支麥克風，就是我們工作現場的全部，卻流動著這麼多美好的相遇。

願我沒有辜負這些美好的緣分。無論是引領我到央廣的平路、陪伴我的製作人靜君跟Simon，以及每一位來到節目中的作家、朋友，我們在那間小小錄音室裡，真心交流。

人生際遇難料，我們永遠都不知道會遇到哪些人，走到多遠的地方。我在一九九四年加入女研社時，只想著玩，哪裡會知道我這一生都會關心性別議題，甚至主持性別與閱讀的節目。太多太多的人與緣分，牽引我走進那間小小錄音室。

錄製最後一集的最後一段時，開場那句：「各位親愛的聽眾朋友，大家好，我是小貓瞿欣怡，歡迎回到《閱讀女人》。」我講了上百遍的句子，卻一直打結，錄了好幾次。原來，再怎麼堅強地道別，心裡還是很不捨。不捨小小的錄音室，不捨這麼多故事終究要暫時停止。

人到中年，雖然捨棄了一些朋友，但是面對新來的緣分，環顧還留在身邊的人，只能提醒自己，且行且珍惜，願每一份相遇都是美好的。願我們永不辜負。

25 人在該長大時不長大，會變得邪惡

我年輕時，性格張揚，嘴也很利，自以為很聰明便不給人留餘地。這樣的我，得罪很多人，卻也運氣很好地交到很多真心的朋友，尤其年長的朋友，她們知道我心不壞，所以願意跟我說實話，苦口婆心教我人生的道理。

其中有一位長我十來歲的H，她把我當妹妹寵，我張牙舞爪時，她看見我齜牙咧嘴的背後，心思是單純的，所以老叫我收斂，老是在我闖禍後，為我收拾殘

局。有次，她大約是看不下去了，直接對我說：「人在該長大的時候不長大，會變得邪惡。」

這是她對另一個朋友W的評價，也是拐著彎提醒我：「不要老是不長大，一直裝小裝可憐裝無辜，最後會歪掉。」我聽進去了，時時拿來提醒自己。

W卻不願聽，不願改。她自小父母離婚，童年不幸。長大後，她在愛情中尋找救贖，就算有穩定的關係，仍不斷外遇。她征服新情人的那一瞬間，也許是快樂的，也或者讓她更有自信，可是東窗事發後的破碎，卻帶來更多傷害。

「我父母不愛我，所以我需要很多愛。」W總是用這個藉口，合理化外遇的行為，逃避自己為他人帶來的傷害。

「因為我受過傷，傷口還沒好，所以我才不小心傷害你。我又不是故意的，你應該要了解，要原諒我啊～」翻成白話文大概是這個意思。我每次聽到她的辯解，都忍不住翻白眼。

童年的傷口，不應該成為傷害別人的藉口。

十歲的我們，還很柔弱，無法逃離父母帶給我們的傷害，只能癡心地黏著父母，盼望得到父母的愛。

二十歲的我們，要學會離開。我們翅膀硬了，可以飛了，就要學會遠離傷害，明白有些愛注定得不到。

三十歲的我們，要開始療傷。我們終於有自己的一方天地，能安全地為自己療傷，練習直視童年的傷口，讓自己在療癒的過程中，舒坦一些。

四十歲的我們，要盡量善待他人。人生至此，走了好長一段路，我們不只被傷害，也傷害過別人，新舊傷口，層層堆疊。傷人之後，我們會充滿悔恨，所以應該學著不那麼銳利，學著善待自己，如此才能學習善待他人。

五十歲的我們，該學習溫柔。我們的心都曾經破碎，所以我們要更溫柔，畢竟人生是這麼難，這麼痛，面對他人的錯誤與傷害，我們要溫柔以對，因為沒有誰故意要傷害人，所有的一切，都是情非得已，我們總是在自己的侷限裡活著。

每一個階段，都有該長大與學習的地方，誰沒有童年傷口？誰不曾被狠狠刺傷？被無情拋棄？誰不曾哭著把飯吃完，哭著睡去又哭著醒來？

我們必須在該長大的時候，努力長大，才能夠成為更好的自己。或者退一步吧，才能夠不傷害自己，也不傷害別人地活著。

每當我面對挫折，想要對人生擺爛的時候，都會想起H的叮嚀：「人在該長大的時候不長大，會變得邪惡。」我不想像W一樣痛苦地活著，她不斷在愛情裡周旋，臉卻總是苦的，就算笑，也帶著悲傷。

我想要直率地笑，痛快地哭，我想要坦蕩地、心懷感恩地活著。所以啊，不要再用童年陰影當成傷害別人的藉口了。

我們都是帶著傷口長大的孩子，願我們都能好好長大，好好老去。

26 緣分，是有定量的

人到中年，四下環顧，偶爾想起捨去的朋友，難免感傷。明明說好打死不分開，走著走著，卻走散了。

從我有記憶以來，L就是我最好的朋友，每天都要見面。我們同年，念同一個幼稚園，留下穿著圍兜的蠢萌照片。他長成美麗少年，會彈琴，也跳芭蕾，紀政很紅的那幾年，他會在巷子裡飛奔，再來個芭蕾大跳躍，驕傲地說：「我是飛躍的羚羊。」他跳舞跳得極好，常常在我家放唱片，我們一起跳陽帆的〈揚帆〉，他永遠唱得比我好、跳得比我美。

可是我頭腦比較好，我說什麼他都信。某天，我心血來潮騙他：「你知道壽司的飯為什麼是酸的嗎？因為那都是臭酸的飯！」他嚇得好幾年不敢吃壽司。又一回，我們打賭，我說：「等一下去便利商店，我一定會叫你買Mini Oligo，然後你一定要拒絕！要堅持！不要再相信我！」他一臉堅定地說：「我不要相信你！」結果進了便利商店後，我胡說幾句道理，他就聽話買了Mini Oligo。

國中時，港劇流行，我們兩家合租一套黃美玲、黃日華主演的《射鵰英雄傳》，每次我跟弟弟看完一捲，就跑到院子踮腳看他家燈是否也亮著。如果亮著，就拜託爸媽再讓我們看一集，進度相同才好。看完之後，跑到對門換另外十集回來看。我們還合租過《新紮師兄》，那時候梁朝偉的女朋友還是曾華倩，劉嘉玲根本排不上。

我們一起讀書，一起看錄影帶，一起游泳，一起跟村子外的人打架。我們一起長大。

我們是眷村小孩，村裡有很多爺爺奶奶是逃難來的，戰爭的陰影從來沒有遠離。我們從小就有憂患意識。有一次，我們幾個小鬼在他家門口集合，很嚴肅地約定：「如果有一天真的要逃難，我們一定要想辦法回來！我們不能散！」然後很像回事地留下彼此外婆家的地址，就怕散了。

終究還是散了。

我們念同一所大學，還是很要好。他送我Polo的小熱褲，那是我人生第一次擁有這麼貴的名牌；我常常捉弄他，也陪伴他。

大學畢業後，我們各自忙碌，我頻繁出差，在全世界飛來飛去。不久後，村子拆了，我們再無故鄉。後來，是臉書用一條微弱的線，把我們牽在一起，可惜因為一些網路上的言語誤會，牽著我們的這條線，終究斷了。

最後一次見到他，是在敦化南路跟忠孝東路口，我在採訪拍攝，跟攝影師在路口討論許久。他應該遠遠就看到我，冷著一張臉，跟我錯身而過。我沒有轉身追他，而是任由他離開。

想起那些割捨的友誼，難免傷感，卻也明白，人生本就如此，愈走愈清明。對於失去，我很遺憾，有時會想：如果當時再忍耐一下就好了，不就是幾句刺耳的話嗎？有什麼過不去？

人到中年逐漸明白，緣分不是無盡的，而是有定量。總有幾個你很喜歡的朋友，因為某些小事，就此分道揚鑣。那些小事比起你們共同經歷過的一切，是那麼微不足道，但你就是知道，緣分結束了，只能陪伴彼此走到這裡，接下來就各走各的天涯。

27

人生沒有過不去的檻

最近參加 Iron Girl 的三鐵接力賽，看起來像是一頭熱血撞上這場比賽，其實，經過三年的健身，我早就醞釀要參加某項體育競賽，讓健身更有目標。

在臉書看到朋友三鐵接力完賽在終點爆哭，我一時感動腦熱，馬上跟朋友組了一隊，報名下一場三鐵接力賽。遠在美國的杜呆當隊長負責騎單車、在台中的小阮負責游泳，我負責跑步，我們是「呆阮貓」小隊。

隊長杜呆用Line群組在美國下指令，每週出健身功課，並要求定時回報。儘管隊長有心，受到疫情、生活等煩瑣干擾，我們的進度不停被打亂，比賽也因為疫情延後。這下好了，半年的備戰拉長成一年，大家毛病更多，先是我心臟不適，沒多久小阮扭傷腳，最後連杜呆是否能從美國回來都不確定。就這樣忐忑了一年，終於，我們出發到台東，要進場比賽了。

人生第一場體育賽事，像夢一樣，有太多感觸跟金句，而我最大的體悟就是：人生沒有過不去的檻。

因為是團隊比賽，為了隊友，誰都不能放棄。三鐵第一項是游泳，這也是最困難的項目，必須克服對開放水域的恐懼，以及清晨的低溫考驗，需要很堅強的心志。

小阮下水前，我在岸邊豪氣地幫她打氣：「我們都這個年紀了，什麼賤人沒見過！什麼爛事沒碰到！人生那麼多檻我們都過了，不就是游回來，哪有很難！你就放心大膽去游吧！一定可以完成的！」

我不知道這段話對小阮有沒有幫助，但是，等我上場跑步後，我才發現，幹，這根本就是幹話！

台東的太陽非常毒辣，我還在等待區等自行車回來接棒時，就已經中暑吐了。真正上場跑步時，因為對場地不熟悉，完全失去距離感，前面一、兩公里好痛苦，不知道前方還有多遠，明明二點五公里處應該要有補給站，為什麼一直跑不到！

跑啊跑，終於有了補給站，我大口灌冰水、運動飲料，把冰塊整把往身上抹了降溫，繼續向前奔跑。一直跑，一直跑，突然想起賽前跟小阮講的那番話：「人生那麼多檻都過了，沒理由跑不回來！」簡直屁話！人生的那些檻，跟我此時此刻面對的毒太陽，根本是兩回事。那些檻過了，不表示我現在就能跑回去啊！

支撐我跑下去的，根本就不是那些勵志的鬼話，而是隊友拚命提早回來，讓我十公里足足有一百四十分鐘可以跑，爬都爬到了，如果不想辦法爬回終點，就自己收拾包袱滾回台北，沒臉見隊友了！

一直跑，一直跑，到最後，隊友也不重要了，重要的是腳下的每一步。我無法再想那些高遠的什麼「人生的檻」，只能逼自己，跨出一步，再多跑一步就好，再一小段就好，眼前無邊的長路消失，只剩下一個又一個跨步。

在法鼓山學走路禪時，聽了聖嚴法師去義大利教堂朝聖的故事。教堂前的階梯很長，弟子們擔心法師爬不上去，沒想到聖嚴法師不喘不累地走完所有階梯，弟子問：「階梯這麼長，師父為什麼連氣都不喘一下？師父是怎麼做到的？」聖嚴法師說：「一次走一步。」

一次走一步。就是這麼簡單的道理。當然，這是我事後回想起的小故事，在跑步時，我想不到那麼遠，我能做到的，真的只有腳下這一步。

一次跑一步，就可以回到終點啊。

我一邊罵髒話，一邊把十公里跑完了。終於，完賽了！我又跨過一個難以想像的檻了！哈哈哈，這多麼像人生，總會遇到悲劇，事情發生的當下，除了罵幹話，只能悶著頭把事情理清楚，一點一點收拾殘局。

就像我寫過無數的稿子，每一篇的起頭，都是空白，稿子是一個字一個字寫完的；也像《人生中途週記簿》的承諾，在五十歲生日之前，每週寫一篇文章，記錄這一年來發生的事情。常常撞牆，想著這禮拜要開天窗啦，卻不知不覺寫了六個多月，到這一篇正好第二十七篇，完成超過一半了。

我很討厭那種一頭熱的勵志故事，但也許，人生真的沒有過不去的檻，也沒有寫不完的稿子。這是運動教會我的事。

28 最大的敵人，是恐懼

這禮拜的週記還是講「三鐵」，畢竟這是我人生第一場運動賽事啊。完賽後一直想起的，不是到終點的喜悅，而是「幸好我沒有放棄」。

去年年中，我突然半夜心絞痛，偏偏隔天要打疫苗，於是先在醫院做心電圖，確認我是否可以承受疫苗的副作用，竟意外發現我心肌缺氧，別說打疫苗了，所有運動都必須停止。不只如此，後來還因為心臟不舒服送急診，成了要隨身攜帶硝化甘油的人。

不能運動，除了練習的壓力，我更擔心隊友，畢竟是團隊接力，如果我無法跑回終點，大家就不能完賽。我開始有了放棄的念頭。

我不只一次跟隊長說：「找人代跑好嗎？」我先找了去年因為生病而沒有完賽的朋友，也許她今年可以重新挑戰，沒想到她後來另組一隊；我又找了花蓮的朋友，都在東部，我就不用張羅交通住宿了，沒想到她根本沒練習，還跟我說：「我打算靠天賦跑。」其實她心裡想的是：「小貓一定可以的，只是她沒有信心。」大家都看出來我想跑又不敢跑的掙扎，不知為何，她們都比我更相信我自己。

乖乖吃了好幾個月的藥，十二月初，醫生解禁，我終於可以恢復練跑！距離比賽剩下兩個多月，而我最遠只跑過七．五公里。我真的可以嗎？

更別提中間經歷媽媽跌倒開刀，必須移居台北，以及多起失蹤事件讓我心力交瘁，根本沒辦法想跑步的事情。我被生活磕絆，無法向前。

感謝老天爺，我參加的是接力，是團隊競賽，再怎麼樣都不能棄隊友於不顧，尤其是她們從來沒有放棄我。我盡可能找時間跑步，兩公里也好，至少我練習了。比賽前兩週，隊長下令：「每個人都要完成比賽規定的距離。」我必須至少完成一次十公里的跑步。

比賽前七天，寒流來襲，我當暖身到公園慢慢跑。跑兩公里就已經很喘，我辦不到，我跑不動，勉強跑三公里，邊跑邊哭，完全沒辦法再繼續跑。我太糟糕了，我為什麼跑不完，為什麼跑不動，內心滿滿的自我厭惡。我哭著走回家。

隔天起床，寒流走了，天氣晴朗，我心情好多了，二話不說穿上跑鞋，直奔大安森林公園。這天狀況意外的好，跑啊跑，跑了五公里，身體還算輕鬆，就往前邁進，聽著耳機裡傳來跑步軟體的提示，已經跑了六公里、七公里，剩下最後三公里，腳步有點遲滯，體能有些衰退，可是還能跑。

聽到耳機傳來九公里報數時，我很為自己驕傲，我快跑完了！最後一圈，十公里，完食。我又哭了，是快樂的哭，我真的跑完了，我的身體是可以做到的，我是自由的。

從小體弱多病，跑一百公尺就昏倒的我，竟然可以跑完十公里，跑完歡樂地打給隊友尖叫。我做到了！這是我從來沒有想像過的啊！

到了比賽當天，因為跑過十公里了，心情篤定。沒想到台東的烈日曬得我頭昏眼花，還沒起跑就吐了，生理期又來搗蛋，我到底還能多倒霉！在最惡劣的情況下起跑，手上帶著朋友設定的運動手錶，有經驗的她說：「不要管配速了，看心跳。破一百六就休息，最高不要破一百六十八。」

跑第一段路時，真的好難捱，不知道補給站還有多遠，真的可以撐下去嗎？跑到第一個補給站時，突然有個熟悉的身影出現，賽前說要陪我跑步的朋友Joy，才剛騎完四十公里的自行車，就換上跑鞋出現在賽道上。Joy陪著我調整配速，幫我找回跑步的節奏。運動手錶不停傳來警示震動，心跳從一百五十、一百六十，飆到一百七十，只要爆表，我就用走的，等心跳降到一百五十，才重新起跑。

跑到第二個補給站，她就先離開了，剩下五公里，我必須獨自完成。我頂著烈日，一步一步向前奔跑，心跳爆炸就用走的。我想起村上春樹那句該死的：「到最後也沒有用走的。」我不管了，我就是跑跑走走，在最絕望的時候，告訴自己：「小貓，你可以的！」

然後我就回到終點了。在小腿肌肉完全沒有力氣，衣服都被汗水浸濕的情況下，我跑完了。我做到了。

回到終點的我，並沒有如想像般大哭，反而一直傻笑。我做到了欸，我跑完了欸，我超越身體的極限，超越心靈的恐懼，打破以前框住我的所有焦慮憂心，回到終點完賽了。

回台北後，不斷想起在烈日下獨自奔跑的自己，好苦，好熱，卻沒有放棄，幸好我到了活水湖，幸好我最終還是完賽了。

幸好，我沒有輸給自己的恐懼。原來，人最大的阻礙，不是外在什麼亂七八糟看似限制的東西，而是內心的恐懼。

這次的完賽，讓我的心志更堅強。如果連台東的烈日都不怕，連中暑跟生理期都不能阻礙我向前，還有什麼能難倒我呢？
依然是那句老話：「我無所懼，我是自由的。」

29

依戀母親

上週四，我在台中出差，正在拍攝最後一個景點，豐原夜市的小吃。還沒進夜市，手機突然響了，是陌生來電，因為有區碼跟完整的號碼，我還是接了。

「喂，請問是瞿欣怡嗎？我們這裡是大安區派出所，你媽媽現在在派出所，請你來接她。」啥？我媽不是好好地待在桃園嗎？因為她不斷從台北逃脫，為了讓她安心，我乾脆送她回桃園，請人每兩天去照顧，她為什麼會出現在台北？為什麼會被送去派出所？

拍攝已經開始，我不能耽誤團隊工作，只好趕快打電話給小叔，請他去派出所接人；再打電話給好朋友浩浩，他有我家鑰匙，可以幫忙開門，並且陪伴媽媽，直到我工作結束。

小叔知道我慌亂，打電話給我：「妳不要慌，我可以處理，重點是媽媽真的太愛亂跑，你把心定下來，不要隨之起舞。」我知道不能慌，但是「媽媽在派出所」這件事，本身就很驚悚。

幸好媽媽平安被接回家，浩浩也在家裡陪伴。等我收工回到台北，已經晚上九點，本來想發一頓脾氣，嚇嚇媽媽，讓她不敢亂跑。可是一進門，我卻什麼都不想說，我好累，累到連生氣的力氣都沒有了。

我不高興地問：「為什麼要自己跑來台北？」

媽媽可愛地笑著說：「我想來看你啊～」

我還是炸裂了：「你為什麼要自己亂跑？月初才自己從高雄跑回桃園，弟弟下班回來發現人不見，嚇死了，在高鐵站找人！上個月也是自己從台北跑回桃園，也不講一聲，搞到我差點報警！結果今天就被送到派出所了吧！不是不讓你來，可是你要說一聲啊！」

媽媽臭臉不應，我也懶得說話。接下來的兩天，我都不想搭理她。而且她才不是想來看我咧，她是來拿錢的，可是我給的生活費已經足夠，她多拿也只會莫名其妙花掉。

恰巧，這個週末我要去桃園工作，問她要不要一起回去，她馬上說了好幾聲：「我要回桃園！」當然，拿錢無望，不如回自己家舒服。

送媽媽回桃園的路上，我有些自責。儘管她是個相當不負責任的母親，但她確實給了我許多母愛，我從小體弱，她帶著我到處看醫生，總在電鍋裡幫我留一碗茶碗蒸，讓我補身體；長大後，她帶我去歐洲旅行，送我衣服和香水。

她或許曾經拋家棄子，但她還是愛我的，所以我應該回報以愛啊，就算她這麼麻煩。

不過就在我自責時，身邊的長輩提醒我：「你媽真的不是來看你，她是來拿錢。」母愛的假象被戳破，我也從自責裡清醒。

隻身回到台北後，我突然意識到：「媽媽這幾次亂跑，驚擾許多人，卻沒有說過一句對不起！」她被送到警察局，讓小叔必須放下工作，衝去接她；浩浩得馬上到我們家開門、陪伴；我在台中被嚇得半死，一收工馬上趕回台北。這麼多麻煩別人的事，她卻連一絲絲歉意都沒有，反而一副「你們幹嘛大驚小怪，我又沒怎樣」！

我從小就依戀母親，我知道她愛玩，這並不阻礙我愛她。可是自從開始照顧年邁的她，我才不斷刷新對她的觀感。她自我中心到匪夷所思的地步。

她每次從台北逃回桃園，明明可以留張紙條，她偏不，想來就來，想走就走。住附近的小阿姨最可憐，老是要趕去看她是否回家，有次甚至丟下一屋子客人，四處找姐姐。對於妹妹的奔波，她毫無愧疚之意，彷彿一切都是別人自找的，是我們自己愛擔心，是我們自己想不開。

我們的牽掛，她從來不在意；我們的擔憂，她認為是小題大作；我們付出的真心，她置若罔聞。

小阿姨苦笑：「這就是你媽媽啊。」她認識媽媽超過六十年，我卻像現在才真正認識媽媽。

愛讓人深陷迷障。我知道該放下，也明白凡遇大事有靜氣，卻還是做不到。真正讓我傷心的，也不是媽媽亂跑，而是我終於認識真正的她，一個永遠只在乎自己，來去如風，任性自私的傢伙。

儘管如此，我依然愛著她。就算她有一萬個缺點，我也愛她。否定對媽媽的愛，並不能讓我減輕分毫痛苦。

我到五十歲才明白，原來我那麼愛她，原來我一直是那個依戀著母親的小女孩。也許我該學習的不是否定愛，而是接受依戀母親的我。

30 人生很難，怎麼可能輕易就原諒？

週末下午，突然收到M的訊息，問：「要搬家了，婚紗照怎麼辦？」

「丟掉啊，廢話！」我秒回。她那段爛婚姻，前面幾年還不錯，雖然她為了丈夫的創業夢，犧牲自己的記者夢，放下讓自己發光發熱的舞台，跟老公胼手胝足地開創事業，我看不慣，卻管不著，她覺得幸福就好。

真的，在愛情裡，怎麼委屈都沒關係，只要不是家暴，只要當事人覺得是幸福的，是被愛的，旁人沒資格說話。

可惜幸福維持不久，丈夫大生意做不起來，小生意又不肯屈就，無聊男人的迷障，被叫慣了董事長，放棄頭銜簡直就是要命。用借錢膨脹出來的假象，騙不了任何人，只會塌得更快，摔得更重。M收太多爛攤子，把青春歲月都賠上，愛情沒了，錢也沒了，老公還死活不肯離婚，放話：「成王敗寇啦！如果我事業成功，你還會跟我離婚嗎？」這種人真的是早離早好欸！

M心軟，只能做到分居，想離婚，又怕自己太無情，怕老公真的去死，只好擺著、爛著。一晃眼，又十年過去了。一個女人，能有多少十年？

半小時後，M傳訊息來：「我把婚紗照扔了！太爽了！」

「那你是覺得很爽，還是很難過？」我不放心，多問兩句。

「爽！我早就該這麼做了！」

「欸！要不是你之前哭過那麼多次，今天也不可能帥氣扔掉啊！人生超難的，不吃點苦頭，哪會醒悟，哪有可能說扔就扔。」

人生很難啊，一定要流過很多眼淚，才能把過往的傷口清洗乾淨，才能帥氣地往前走。沒有那十年的糾結，怎麼會有今天的自在？

***

這也是我不喜歡《華燈初上》第三季的原因。和解來得太輕易。我不相信牽涉到殺人、背叛、搶奪孩子的恨，可以這麼輕易就化解。人生沒有這麼簡單，簡單到事情才過去就一笑置之。

劇中蘇媽媽的恨，是要毀了蘿絲媽媽，要用毒品栽贓她入獄，奪回自己的孩子。如果她沒有意外被殺死，蘿絲媽媽的人生就毀了，更何況這整件復仇，賠上江翰的一條命，也差點讓她們賴以生存的酒吧經營不下去，最終讓花子跟阿達因為殺人罪而入獄。

不該死去的人、不該被搶走的兒子，甚至不該入獄的人，都墜入地獄，蘿絲媽媽去蘇媽媽的墳上獻花，竟然來了一段大和解，蘿絲媽媽還溫柔親暱地笑著問：

「你想我們了嗎？」

人生真的沒有這麼容易啊。

這麼多的破碎，怎麼可能說和解就和解。如果有笑容，也不應該是理解包容的笑，而是得意：「老娘就是有本事笑到最後，不服氣？從墳墓裡爬出來打一架啊！」

＊＊＊

那些我們放不下的恨，解不開的心結，捨不得的人事物，都要經過歲月淘洗，要用無數的眼淚，才能洗乾淨。

人心，複雜難辨，險惡不堪，我們走過冰山，是微熱的眼淚把冰錐融化成河，不再刺人。

就像M。十年前丈夫生意失敗，把豪宅賣掉時，她帶著又重又無用的婚紗照，搬到大樓；後來大樓也賣了，她就把婚紗照搬到小公寓。直到這次搬家，她才豁然開朗，爽快地把婚紗照扔了，再無遺憾。

要經歷這麼多流轉遷徙，才能放下遺憾的過去。何況是殺人奪子藏毒栽贓？最討厭那種把和解、原諒，講得那麼輕易的故事了。人生很難好嘛！有時候就是無法原諒，無法和解、無法放下，為什麼一定要原諒跟和解？可不可以就接受自己「我還不想原諒他」？

與其逼自己原諒，不如接受自己不原諒。在悠遠無聊的日子裡，心頭還是放著恨，傷害過不去，就不要勉強逼自己假裝沒事。和不和解也不重要，重要的是我們終於能夠放自己自由，能夠安心地恨，或者不恨。

31 每個人都有自己的日子要過

最近被老媽逼急了，不得不開始練習「放下」。

她每個禮拜都生出一些事情，不是亂跑（非失智亂跑，而是有意識地放飛），就是很任性地對待身邊的人。她每次闖禍，我都得承擔，在過程中提心吊膽，深怕她有意外；在事件結束後跟相關的人道歉，收拾爛攤子。幾次下來發現，很多時候是我白擔心了，她根本好得很，她看著我跟阿姨忙來忙去，一副：「我很好啊，你們幹嘛這麼緊張？」

我只好一次又一次練習：她亂由她亂，我不隨之起舞。媽媽第一次脫逃，我嚇得即刻處理，飛車趕回桃園；第二次脫逃，確認她安然無恙後，先休息了兩日，等驚嚇與憤怒都過去了，我才回桃園看她；第三次脫逃，我確認她平安回家後，就去台東參加鐵人接力。

我必須讓自己保有日常，才能走得長久。

儘管如此，我還是做了幾次惡夢。一次夢到鄉下舉辦祭典，我到處張羅紙錢，後來是大姨媽出面幫忙，並且教我怎麼使用。我起床後覺得這個夢好不祥，好悲傷，整個白天都在消化哽住的情緒。

隔天，我又夢到跟小叔、堂妹一起逛大賣場，我們挑了好多生活用品跟食物，一起買早餐火腿。選著選著，我突然跟堂妹說：「我媽不見一天一夜了，我想去找她。」這個夢境發生的白天，媽媽耍任性，一整天不接電話，我知道她確實在家，卻為了某種無聊的原因，就是不爽接，我打了幾十通電話，她都把話筒拿起來後直接掛掉，直到隔天才把電話接起來。

被折磨得好累，沒有力氣了，所以我最近開始練習「放下」。只要她很好，只要她高興就夠了，我不用過度擔心，不用事事把她放在第一位，媽媽有媽媽的人生，我也有自己的人生。

每個人都有自己的日子要過。

以前我老是覺得「你要先照顧自己，才能照顧媽媽」這種話很自私，也不可能做到。沒理由啊，她是老人，我們當然要先照顧她。經過這幾個月的「震盪教育」，我慢慢體會，媽媽雖然老，雖然行動不再那麼俐落，卻還是有很強大的意志力，我不可能把她捏成我想要的樣子，我只能放下，讓她活回她自己想要的人生。

更重要的是，我必須活回我自己的樣子，回到我的日常。我被她牽引很正常，為她掛心很正常，但是當我的生活只有她，那便是錯的。她也用行動告訴我，那是錯的。

長照這堂課真的很難。在規劃《人生中途週記簿》的寫作計畫時，我並沒有預料到會寫這麼多關於媽媽的文章，結果每個週日寫週記時，最有感的，常常是「媽媽」。

媽媽雖然年輕時非常任性，總是在追逐自己的渴望，可她真實地愛過我，因為被愛過，所以要把愛還回去。

去年才面對父喪的薇姐來上我的Podcast時，在錄音空檔抱抱我，紅著眼眶對我說：「老去的父母，是在用自己的餘命，為我們上一堂生命教育的課。」這段話對此刻的我來說，極為重要。

原來，我正在上一堂生命教育的課嗎？那麼，最近的篇章就是在學習「放下」，放媽媽回到她的日常，放我回到自己的日常。

32 選擇安養院，真的是不孝嗎？

最近似乎成了媽媽鄰居口中「不孝的女兒」。

起因是媽媽中午要去買便當時，在中庭跌倒，擦傷手臂；又因為沒吃飯，餓暈了，所以精神不太好；社區主委幫忙叫救護車後，馬上通知我；我急忙開車趕回桃園，期間不斷接到主委的奪命連環call，我耐著性子解釋：「我在路上了，台北到桃園需要時間，我不可能馬上到。你不要一直打給我，我在開車趕路，接電話很危險。」主委就生氣了。

先說結論，媽媽無大事，但我受夠了。已經算不清這是半年來的第幾次，作為唯一的照顧者，我要承擔緊急事件的處理，承受過程中的折磨與煎熬，還有不得不把工作放下，造成進度延遲，影響夥伴的排程。

明明我已經盡心盡力，卻還是要面對鄰居的責備。有回剛停好車，就遇到樓下的阿姨，苦口婆心跟我說：「你要常常回來啊！要照顧媽媽，知不知道！」我沒好氣地回她：「阿姨，我要賺錢才能照顧媽媽，我不可能每天回來，我有安排人照顧她。我也很想把媽媽接到台北，但是她一直逃跑更危險，我只好讓她回來住。還是，阿姨，你有更好的辦法？」我的臉大概太臭了，鄰居阿姨摸摸鼻子走了。阿姨，我忙到快累死，還要趕回桃園救火，還要被你責備，臭臉正好。

媽媽在中庭跌倒這天，我預約打疫苗，匆忙幫她打包行李，連人帶衣服塞進車裡，衝回台北，簡單安頓一下，就去打疫苗。照理說，那晚應該疲倦好睡，我卻徹夜難眠，因為媽媽半夜不斷試圖偷開大門，溜回桃園。

我真的太疲倦了，太累了，我受夠了！

跟弟弟討論後，我們決定將媽媽送到安養中心，這不是容易的決定，原本希望能盡量延遲，可是我好疲倦。

我已經無法承受。最近的生活品質低落，還要承受責難，樓下阿姨竟然直接打電話來逼問：「你帶妳媽去看病了嗎？你預約了嗎？你都有做嗎？」

欸，阿姨，我知道你平常敦親睦鄰，會照顧我媽，但這樣逼問有點太過分了吧。你知道我要工作嗎？你知道最近疫情燒得很大，我才剛打第一劑，真的不敢去醫院嗎？你知道我媽媽因為身體虛弱，所以我不敢讓她打第二劑嗎？阿姨，你有看電視嗎？阿姨，你明白人跟人的界線嗎？

每一個鄰居都跟我說：「你要照顧你媽媽啊。」我有啊，我很努力了，但我不可能做到完美。

實在太疲倦，也太害怕了。我真的很怕媽媽又走丟，成為路倒老人；我很怕她又跌倒，骨頭斷裂；我很怕我睡得太沉，她就不見了。

誰不希望父母有個美好的老年？

每次回桃園看媽媽，總覺得如果她能夠按照自己的期待，在家中老去死去，該多好。電視旁放著家族合照、矮櫃上擺滿她去世界各地旅遊時買的小玩意、餐櫃裡都是她喜歡的杯子盤子，床上鋪著她精心挑選的寢具。

如果她可以被喜愛的物品圍繞著老去，該多好。然而這已經是不可及的夢想。她不可能再獨居，我也不可能放下工作搬回桃園，連在台北家照顧她，都非常吃力，再不找尋出路，連我都要垮掉了。

我上網研究安養院，看完心情都很差。公寓式的安養院，費用高到我們無法承擔，也未必會收容她。我們可以選擇的安養中心，床單是單調的粉紅或粉藍、一人一個矮桌衣櫥，這就是全部了，頂多加張茶几沙發。

安養中心一切都以「最方便照顧」為原則，可以理解，難免心疼。媽媽很在意生活情趣，她喜歡喝下午茶，喜歡漂亮的餅乾蛋糕，喜歡在家裡插花，喜歡把環境弄得溫馨乾淨。這一切對現在的她都太奢侈。

有的安養中心甚至提醒家屬：「我們衣服都是大鍋洗，所以不要帶太好的衣服來，普通耐洗的最好。」我看了心好酸，媽媽已經被迫住在陌生的小房間，連衣服都不能穿好一些的嗎？我知道照護人員的困難，可我就是很難過。

決定選擇安養中心，內心充滿自責。還有什麼是我可以做的嗎？如果再犧牲一點，可以換得她更好的老年嗎？

原來那些活得光鮮亮麗的老太太，只是幸運的極少數，多數的老太太們，連選擇居處的自由都被剝奪。

朋友說：「看著你處理媽媽的老年，讓我開始擔心自己的老年。」

我無力地說：「我沒辦法想這麼遠，先處理眼前事吧。」

年過半百，最困難的不是面對自己的老年，而是處理父母的老年。

33

讓眼淚變成微笑

請容許我再多說一些與母親相關的話題吧。

最近發現很多人都有「Mother Issue」，我以為只有我們這種差點離散的家庭，會有母親議題，沒想到無論是高級知識分子母親，或者是沒有機會受教育的母親，都曾經帶給孩子痛苦。

媽媽也曾經帶給我很多傷害。我們家看似正常，但父母都太做自己，所以我跟弟弟是自己照顧自己長大。父母常常不在家，我仍然記得還是幼童時，半夜起床找不到爸爸媽媽，跟弟弟抱在一起大哭，哭到對街的奶奶被驚醒，跑來哄我們睡覺。以上，是我關於父母缺席所能講得最多，暫時還有些往事，不適合講。我想盡可能做個善良的孩子。

對於「母親」，我有太多愛恨情愁。被遺忘的陰影，在親戚家寄住的心酸，以及母親任意妄為帶來的傷害，多到說不完。

偏偏她也是給我愛的人。不管她在外面玩得多野，電鍋裡常有一碗蛤仔香菇茶碗蒸，是特別留給我的；我討厭吃學校的便當，她就中午幫我送熱騰騰的現做便當；我第一次出國，就是媽媽帶我去韓國，後來我們又去了馬來西亞、澳洲、法國、比利時、荷蘭……。

我一邊照顧著漸漸失去生活能力的媽媽，一邊回想起童年的各種愛與傷害。我記得許多她的好，記得她幫我買漂亮衣服，接送我上英文課；我也記得她因為貪玩，把生病的我扔在奶奶家。

我有時愛她，有時恨她。長照辛苦又漫長，我本來打算恨她好了，這樣我就不會感到被傷害；最終我發現我必須接受依戀媽媽的自己，才不會為恨而恨，搞得精神分裂。

人生很複雜，情感也很複雜。最近，我對媽媽又有了新的理解。

某天早晨，我為自己煮了咖啡，幫媽媽沖了杯牛奶，兩母女在客廳安靜吃早餐，我心裡突然升起一陣溫柔：「在排到安養中心之前，這是我們母女最後親近的時光了，也許還有半年，也許只剩下兩個月。」你以為時間很漫長，母女是一輩子，其實光陰如流水奔逝，毫不寬容，分離那天，很快就來了。

我突然明白長輩之前說的：「你現在很苦，可是能有機會照顧媽媽，不要有遺憾，也許是幸福的。」當時我太生氣，聽不進去。我現在明白了。

能夠在母親的晚年陪伴她，照顧她，是很幸福的和解。有一天，她總會不在，我對她的怨恨與不解，都在陪伴的日子中化解了。未來會有悲傷，卻沒有遺憾。

在我逐漸老去時，心裡沒有對母親的憤怒與遺憾，也沒有對自己的責備，應當是不錯的老年吧。
願我們所努力的一切，受的苦、流的淚，到老時都能變成微笑。

34 誰在過母親節？

今年或許是媽媽去安養中心前，最後一個在家過的母親節，我想過得慎重些。約了小叔來家裡熱鬧，叔姪兩還在Line上面感嘆，他謝謝我邀請他，我謝謝他放下其他邀約來陪我媽吃飯。沒想到我突然要出差，小叔也因為同事確診，必須居家隔離，母親節晚餐硬生生被取消。

蛋糕早就訂了，不得不先拿回家冰著。我不死心，星期日要出差，那就星期一過母親節，反正媽媽也搞不清楚日期，哪一天都沒差，就算不過也無所謂。

是啊，對媽媽來說無所謂，可是我想幫她過母親節啊！我現在努力做的一切，就是想要創造更多回憶，把愛存下來，失去的時候也許會比較不痛。

就像年初幫媽媽慶生，她根本忘記自己生日，我還是風風火火弄砂鍋魚頭，買蛋糕，很高興為她慶生。雖然蛋糕都還沒吃完，我們就吵起來，至少她笑著吹蠟燭的那一瞬間，是很開心的，我也很開心。

我已經幫媽媽過了無數個母親節，送過很蠢的禮物，比如念小學時，弟弟覺得媽媽美容院的洗髮精太便宜，於是找我集資買「蓓爾麗珍珠洗髮乳」，當時廣告打很大，很高級！我們都覺得這個主意超讚的！媽媽收到卻大笑：「家裡那麼多洗髮精，送這個幹嘛！」也送過有用的東西，比如媽媽現在的摩托車，也是我跟弟弟一起送的。

有幾年飛來飛去，極少回家，母親節前夕買了媽媽喜歡的保養品，宅配給她。從買禮物到寄出，只花了一個小時，很有效率。三十歲的女兒，時間很寶貴，能給的就這麼多。

不知不覺就到現在。我五十歲，媽媽七十四歲。我稍微可以陪伴她，她卻已經迷糊了。她不在意了。

可是我很在意。

媽媽生我時難產，血崩。爸爸在部隊，奶奶陪產，小叔趕到醫院時，奶奶哭著說：「去見大嫂最後一面。」幸好我生出來，媽媽也活下來。

也許因為在出生時就虧欠媽媽太多，這一生我好像都要守護她，為她付出。

媽媽夜歸時，爸爸放話要在門口擺釘子，讓她一踏進門就受傷，我徹夜未眠，趁爸爸睡著後，打電話到媽媽的牌友家找她，叮嚀她進門要小心。其實爸爸根本沒有放釘子，他嚇唬我的，我很好騙。

媽媽離家出走時，爸爸逼問我跟弟弟：「爸爸跟媽媽，你們選誰？」弟弟聰明，選爸爸；我笨，我選媽媽。爸爸氣呼呼把我關到黑黑的小房間，跟弟弟在客廳吃鹹酥雞，還故意很大聲嘲笑我：「這就是選媽媽的下場！」可是我不在乎，我就是要選媽媽。

媽媽不只一次想拋下我，不只一次讓我期待落空，可是我願意等她，願意哄她開心。也許我是在哄自己開心。我不想虧欠，更不想懊悔，尤其媽媽老了，她只剩下我，我更不能辜負。

剛經歷父喪的薇姐跟我說：「要珍惜每一次相處，因為你永遠不知道最後一餐是哪一餐。」媽媽已經不適合外出正式用餐，最後一次好好地上館子，是去年中秋，她興致高昂說：「出去吃吧！」我臨時只能訂到國賓川菜，請她吃龍蝦泡飯，加點些軟嫩的菜色，她最愛的炒百合、蟹黃燴豆腐。她吃得很少，可是我不在乎，這錢我花得很高興。

今年的母親節，還沒想好吃什麼，也許是山海樓的龍蝦粥，或者新東南的鯧魚米粉，再不就去SOGO買豪華壽司拼盤。我想比平日更慎重，更有儀式感，不是為了她，是為了我。

35 浪擲著，也走到這裡了

最近的生活很無趣。疫情不斷延燒，看起來是要放火燒山了，我只能盡量把自己關起來。

每天關在家裡寫字、做菜。因為開了小V鍋的快閃團，一時熱血要挑戰每天用小V鍋做一道菜，幸好還有做菜，把我從無聊的結案裡拉出來，讓生活有點小小的樂趣。

真的很需要喘口氣。也許是因為一直無法打疫苗的緣故，我面對疫情很悲觀，總有末世感。朋友們約著要去長輩的靈堂致哀、喧鬧著要幫即將去歐洲赴職的朋友餞行、快樂地約啊約，各種約會，我卻暗自擔心，一個月後的世界，還是現在的模樣嗎？

再怎麼煩憂，還是要打起精神過日子。

有時候覺得過日子很難，我根本沒有才能，為什麼會過成現在這個樣子？有時候又覺得人生挺好的，我每天都在寫字、做菜，這不就是我想要的生活嗎？而且我很喜歡窩在家裡，沒有任何社交的日子，真舒服啊。

偶爾會想到三鐵完賽的那天晚上，在房間跟隊友談心。隊長杜呆說：「三鐵比賽有很多我們這個年紀的人，有錢有閒，沒什麼好拼了，只好來證明自己還有不同的可能。畢竟能賺的錢、可以發展的事業，差不多就這樣了，參加三鐵，只是想證明自己還可以突破些什麼。」

我們三個二十歲就認識，各自在人生軌道上兜了好大一圈，有人飛去美國，有人在職場上帶兵衝撞，我則在不同國家、城市間尋找自己。我們有好幾年不太聯繫，如今卻成了三鐵隊友，一起在跑道上揮汗鼓勵，又在深夜感嘆青春不再。我們認識那年，都好青春，幾十年的時光，到底流去哪裡了？

我的狗也老了。最近幫墨麗過九歲生日，某天，我看著她向我走來，突然發現：「墨麗老了！」我知道九歲的小狗算老狗，但是，她怎麼突然就老了？走路慢了、神情呆了，幸好對食物還是充滿熱情，對著屋外的狗鬼叫時還是很大聲。

啊，我的狗老了，我也老了。

天哪，我五十歲了。

寫書時，起頭都會想：「這麼多字，怎麼寫得完呢？」每天寫幾個字，不知不覺就寫完了。就像跑十公里，本來覺得不可能吧，一步一步也就跑完了。

也像人生，本來覺得日子好長，怎麼浪擲都過不完，一天一天地過，竟然也就走到這裡了。

未來還有多遠？走過的真能留下印記嗎？我不知道，我沒有答案。只能一天一天盡量努力地過下去。說不上悲觀，也不怎麼樂觀，就是過日子。

能夠這樣，是不是已經很好了呢？在亂世中，跟相愛的人在一起，有幾個可以談心的好朋友，每天做點好吃的，寫幾個字，守著小狗跟太太一起變老。

這是不是就是很好的人生呢？

36 你喜歡此時此刻的人生嗎？

最近常想起過往做的許多決定，疑惑著：我在人生的每一個轉角，真的選對方向了嗎？

我從小就任性，只做我想做的事，從來沒有活在現實裡。並不是生活沒有磨難，相反地，我的父母給我很多痛苦，我經歷過背叛、拋棄，也挨了很多打。也許正因如此，所以我更想活得任性，想逃離現實，想漂浮在自己的小宇宙，遠離痛苦。

父母讓我吃苦，卻也曾經給我愛，給我自由寬廣的視野。爸爸教我抽菸喝酒，告訴我詩的美好，他說：「我女兒長大要當詩人。」媽媽教我跳舞，在我對未來恐懼時，她說：「怕什麼！吃飽飽，睡飽飽，人生沒什麼好怕的！」

於是我活得更偏離地球軌道。我從來沒想過要好好賺錢，我們只是小康之家，不是家底深厚，可是我從來沒有為錢受苦，從來都認為夢想比金錢重要。我被照顧得不像話，到四十歲才自己報稅，到五十歲才驚覺：「賺錢很重要！」

長照、退休規劃，樣樣都要錢，都只能靠我自己了。錢在哪裡？媽媽倒下後我才發現，她的積蓄少得可憐，都被騙光了吧？我怎麼會那麼不經意，連她存款沒有了都不知道。

我開始回溯那些人生轉角，我是不是走錯了？大學一畢業，我就在房地產公司做文案，那是房地產大好的年代，每個人都賺得不亦樂乎，我才二十幾歲，就在安和路有一間小小的專屬辦公室。我卻很傲嬌地跟老闆說：「我不做了，我要去寫作，我不想每天關在這裡寫文案！這不是我想要的人生！」

我內心有召喚，我想寫作，我想活出今生的設定。我一次又一次拋下現實，直到人生走了一半，我才看見：真實世界，樣樣都要錢。我看著當初選擇留在房地產界的朋友有房有車，還賺飽退休金；我看著留在媒體的朋友，穩穩地過日子。我在幹嘛呢？我一直寫一直寫，心卻愈來愈慌，別人看我也許光鮮亮麗，只有我自己知道代價是什麼。

我竟然開始對此時此刻的生活感到後悔。現在後悔，還來得及嗎？

如果重新讓我選，我會選一樣的路嗎？我還可以天真地說出：「如果不離職去寫作，我每天都會問自己，我為什麼在這裡？可是如果離職了，我只需要問自己，錢在哪裡？錢的事都好解決。」我還可以這麼天真無邪嗎？

我常常想，為什麼我沒有過上更好的日子？如果當時更努力，人生是不是會不一樣？

可是啊，我真的真的很努力喔，走到現在的每一步，都非常非常努力了，不可能更努力了。

就算我選錯了，最終都是我自己的選擇，而且我很努力地不要辜負那些選擇，不要辜負那個任性天真的自己。

也許啊，對錯根本不重要，只要很努力就夠了吧？我這麼努力，老天爺不會放棄我的。

「嘿，瞿欣怡，不要想那些失去的了，你寫很多字，讀很多書，去很多地方，勇敢地做很多嘗試，你已經很棒了。」也許我該試著對自己這麼說。

不管對自己說再多打氣的話，關於是不是選擇錯誤，我依然沒有答案，而且我好想問問你們：

你對此刻的人生滿意嗎？你喜歡你的人生嗎？你也會對自己的選擇後悔嗎？

37 人生大約就是這樣了

我以為我的中年危機已經結束，畢竟更年期都快來了，生理期也快走了，沒想到卻陷入很深的無力與悲傷。我慢慢明白，啊，我在哀悼那些回不來的日子，那些無法重來的人生。

原來，中年危機結束前的最後甩尾，是更深的無力與哀悼。四十幾歲的我，仍然在奮力搏鬥，總想著再拼一點，結局就會不一樣，三十歲犯的錯，四十歲補救可能還來得及。

五十歲，已經沒什麼力氣奮力一搏了，也知道搏鬥無用，人生大約就是這樣，而我卻還不放過自己，種種的不滿意、不甘願、不認命。

真的沒有什麼不好的事情發生，我只是突然好嫌棄我的人生，我突然驚醒，人生已經過了一半，剩餘的機會愈來愈少，可預見的未來大約就是那樣。

而我到底為我的人生付出哪些努力？我是否曾經過分浪擲光陰？

38 五年的人生計畫

最近臉書流行玩「#關於我最讓你意外的point」。我胡亂說：「小貓神經那麼大條，發生什麼都不意外吧！」其實，真正讓大家意外的事情應該是：我是會做人生計畫的那種人。

我很不愛寫深沉黑暗的自己。我尊敬的國師唐綺陽就說：「射手座不會把真正的自己攤在檯面上啦，能說的都是小事。」我內在有很多陰暗面，也非常嚴肅看待生命，只是我不愛講，那太私人了。

就像，我是個會做人生計畫的人。

三十歲時，我讀到一篇勵志短文，事業有成的音樂人分享成功祕訣。在他想要走音樂這條路時，朋友問他：「如果你想要成為你渴望的人，要做哪些事？從現在開始推算，你每五年要做哪些努力，才能成為那個人？」以五年為階段設定目標，才能精準地達成目標。這個故事激勵了我，我開始為自己設定「五年目標」，每五年都更靠近我想成為的那個人。

三十歲到三十五歲的五年，是磨練技巧的五年。

當時我在媒體工作，寫大量的文章，從人物採訪、觀察雜文，到生活散文，我什麼都寫，每一種文體都是挑戰磨練，把我的筆磨得更尖更精準。我也會觀察編輯的反應，只要是我自己被感動的文章，編輯一定會哭，讀者反應也很好。

有一回，寫更生人的專題，我自己寫著寫著就哭了，深夜交稿後，沒多久聽到編輯哀號：「小貓！你太過分了，又把我弄哭了！」雖然對編輯感到抱歉，但我內心竊喜，中了！對了！我不停自我鍛鍊，並偷偷核對。

三十六歲到四十歲的五年，是鍛鍊心志的五年。

我離開媒體，到花蓮住了幾年，開始以肉身行走江湖，充滿挫折。我寫傳記，被財大氣粗的傳主辱罵：「妳一個字才幾毛錢，憑什麼跟我說話！」

我出版第一本個人散文集《夾腳拖的夏天》，交稿後出版社總監（也就是太太）叫我改稿，她說：「你可以寫得更深刻。」我反抗，堅持已經寫得很好。編輯也提出很多疑問，我強力抵抗，覺得全宇宙都不懂我。結果，書出版後反應不如預期，我抱著書大哭。

三十八歲的夏天，我臨時被找去某文藝營演講，我竊喜：「只有作家可以到文藝營演講！」課程結束後，承辦人員卻對我說：「長官本來不肯讓你來，他不知道你是誰，是我堅持請你的！」那一瞬間，我呆住了，不知道該如何回應。其實我早就明白這麼緊急地約時間，肯定是來替補某位突然無法出席的講師，我都來救火了，你再嫌棄我，都不用這麼直白嘛。我忘了開車回家的路上有沒有哭，但臉頰熱辣的感覺，彷彿我真的挨了巴掌，好痛，好丟臉。

挫折時，就安慰自己：「這五年本來就是要衝撞，要吃苦，挫折是正常的、應當的。」這樣一想，就不怕了。不怕，才能往前。

四十歲到四十五歲的五年，是身分確立的五年。

我已經寫了夠多、夠久，我想要以「作家」的身分被認識。

四十二歲那年，我離開周刊主筆的高薪工作，回家寫作。確定離職的那一天，是二〇一四年三月十七日，三一八學運的前一天。當天在立法院有靜坐抗議，我也跑去了，然後小聲地問一起靜坐的小棣老師：「我該不該離職？」他勸我想清楚些。

從青島東路走回辦公室的路上，突然想通了。如果我繼續在媒體工作，我每天都會問自己：「我為什麼在這裡？這是我要的人生嗎？」如果我離職了，也許我會變得很窮，但我會走在自己的人生道路上，我只需要問自己：「錢在哪裡？」這一題顯然比較容易回答。

於是我調頭走進忠孝東路上的喜來登飯店，買了很昂貴的切片蛋糕，慶祝離職，有點悲傷地想著：「以後就吃不起了。」

四十三歲那一年，我出版《說好一起老》，第二次獲得中國時報開卷獎；隔年出版《堅持求勝——林智勝的棒球人生》、《台北365》，許多人開始用「作家」稱呼我。

終於，四十五歲時，我確立了作家身分。當有人問我：「請問老師的頭銜要怎麼寫？」我都可以理直氣壯地回答：「作家。」

我永遠記得第一次說出「作家」兩個字，是某天下午，在新生南路的公車上，撰稿單位打電話來問頭銜怎麼寫？我怯懦地說：「可以寫作家嗎？」那一年我四十一歲。我永遠不會忘記那個膽怯的我。膽怯，卻勇敢。

四十六歲到五十歲，我要以作家的身分活下來。

這五年，我拚命工作，除了當「小貓流出版社」的總編輯、還在《蘋果日報》寫專欄、主持央廣的《閱讀女人》節目，我主持各種演講、座談，參與許多文學活動。每一項工作都很繁重，都捨不下，尤其是每週一篇的專欄，因為那是我與寫作間，僅剩的聯繫。

記者來採訪「小貓流」，請我談出版，採訪結束後，我們一起在街燈下抽菸，記者問我：「你還會繼續寫作嗎？」我抽了一口菸，跟她說：「會的。如果不寫作，我現在做的一切都失去意義。」

如果不再寫作，我的人生就沒有意義了。

39 季節對了，花就開了

最近一週過得有點閑散，也不是無所事事，週一開了憂國憂民的線上會議，周三出了趟差，週末前還完成一個文學獎的閱讀。當中還做許多瑣碎工作，挺忙的。只不過習慣出書、截稿、錄音的高壓工作後，這週簡直像放大假。

說到底還是人生階段不同，心境也轉變了。過去十年，我很習慣把每一天擠滿，當總編輯已經很忙亂，還寫《蘋果日報》的專欄，去央廣開節目，同時也參與同婚運動，常常要開會、上街頭。

我常累得回家後說不出話，太太總是逼我去休息。我每次跟她討論工作，請她幫我看文章，她都說：「寫得很好！可以交稿了！」她最常對我說的話是：「去、睡、覺！」

「為什麼你非要這麼忙呢？」好朋友問我，我也答不出來。現在我明白了，忙碌的背後是恐懼。我怕我不當總編輯，就是失敗，就是一無所成；我怕我不寫專欄，筆就生疏了，讀者就忘了我；我怕我不主持廣播，閱讀會懶怠，人脈就斷了；我怕我不去演講、不當評審，下次就沒有人找我。

我充滿恐懼地忙碌著。怕自己不夠好，怕自己被遺忘。

不過，四十幾歲，本來就應該拚命啊。有次，我問一位很敬重的長輩：「我好迷惘，接下來的人生該怎麼走？」她問我幾歲，然後說：「你現在要盡可能用你的專業賺錢，以後才能財務自由，做自己想做的事情。」

關於賺錢跟累積專業，我知道我起步晚了，但還不遲。我發瘋似地努力，勇敢追求所有我想要的東西，從成立出版社、主持廣播、寫蘋果專欄，全都是我爭取來的。戰場爭來了，就得提槍打仗，每次上戰場前，我都很怕，可是我不能退縮，這與人生計畫無關，而是我討厭軟弱。

我不希望別人看見我在害怕。萬芳有一次教我一個小祕訣，害怕時就告訴自己：「上了舞台，我就是專業的。」每當我感到膽怯，就對自己說：「小貓，不要怕，你是專業的，你做了很多功課，你不是平白站在這裡的。」

如今回想起來，都不知道那幾年是怎麼過的。我把每一天切成好幾段，不停轉換身分與工作內容，白天忙編務，晚上還要讀書寫稿到半夜，我每一樣都不想輸，都要緊緊抓牢。

不知不覺，我度過中年危機，來到自己設定的「拚命努力」的最後一年。我的五年計畫，從四十五歲到五十歲，要以作家的身分活下來。現在已經是最後一年，我拚命攢下的累積，讓我有底氣，心也慢慢鬆了。

在寫《人生中途週記簿》時，總會有幾篇特別打動自己，難免唉嘆：「唉，如果是發表在媒體，點閱一定很高吧。」可是下一秒我就放下了，總會發表的，不急不慌，慢慢來。

《吃飽睡飽，人生不怕》這本書原本會提早一年出版，當時我已經三、四年沒有出書，內心很焦慮。我敬重的編輯跟我說：「你為什麼要急呢？我覺得可以放一放。」

我想了很久很久，甚至還去跑步，某天，我突然想通了，如果寫作是一輩子的事情，有什麼好急的呢？

最近的心情大抵如此。我終於不再瘋狂地向外爭取，而是練習放鬆。練習，該努力時努力，該放下時放下。

寫作是一輩子的事，季節到了，花就開了。

40 只要能成為自己，就沒什麼好後悔的

前幾個禮拜寫的〈你喜歡此時此刻的人生嗎？〉，意外得到許多回應。多數人都曾後悔過；也有人認為那是當下能做的最好的選擇，不用後悔；只有極少數的人從來沒有後悔過，真是有魄力啊！

這一個月，我還是在想「後悔這件事」，以及，如果人生重來，我還會這樣選擇嗎？

答案是肯定的。無論人生重來幾次，我都會做出同樣的選擇。五十歲這一年，我還是會在相同的地方，做相同的事情：

我會在我的書桌前，安靜地寫作。這是我二十歲就下定決心的事。

大學時，我在金馬影展看了奇士勞斯基的《機遇之歌》。電影一開始，是來自波蘭的男主角威特克在趕火車，電影從這裡展開三個不同的命運。第一個命運，他趕上火車，並且在火車上認識共產黨員，他入黨，在政府部門工作；第二個命運，他沒有趕上火車，意外入獄，出獄後投入地下運動；第三個命運，他沒有趕上火車，卻遇到昔日的女同學，兩人相戀、結婚，過著平淡幸福的日子。無論他有沒有趕上火車，最終，他都會坐上失事的飛機，在天空爆炸。因為結局很沉重，散場的電梯裡，每個人表情都很凝重，彷彿他們才剛參加威特克的喪禮。我卻不合時宜地笑了，我跟同行友人說：「不覺得這部電影很有趣嗎？」我感覺背後有目光射來，大概是對我的天真感到憤怒吧。

我當時太年輕，不懂得生命無可選擇的悲涼：無論我們做了什麼選擇，最終的結果都是一樣的，這真是太傷心了。

但這同時也非常有趣啊，原來，人的一生就是一場徒勞，不管你做了哪些選擇，最終還是得死，而且是一樣的死法！

那我們這一生，究竟在忙什麼？我從很年輕就不斷追問：「人活著究竟為什麼？」

我跌跌撞撞，撞出答案：人活這一生，就是為了成為自己。

我們帶著不同的設定，不同的使命，來到這個世界。雖然我們並不知道原廠的設定是什麼，但我們總會有夢想，或者有想要的人生，我們該做的，就是好好地走完人生道路，盡量成為想要成為的那個人。

我從小就喜歡寫作，讀小學時喜歡讀詩，我爸爸就教我寫詩；上國中後，是優異的國文成績拯救了我，我當時非常叛逆，常常離家出走，是教國文的班導師每天早上陪我說話，在國文課不斷讚美我，給我正面的肯定，我才沒有走歪。

二十來歲，我在風沙揚起的文大操場下定決心：好！我要寫作！我要用文字狠狠地在這個世界上踩幾個腳印！

之後的每一個人生決定，都離不開當年的那個我，那個其實還沒有發表過文章，不知道寫作之艱難（與快樂），不知道人生很苦的，那麼年輕天真的我。

三十年來，我走過無數岔路口，做了無數次相同的決定。要做文案還是寫作？要繼續做出版行銷還是寫作？要去奧美還是寫作？要做記者還是寫作？我不斷面對同樣的疑惑，要離職？還是回廣告公司？要回媒體？還是繼續熬著？要去上海？還是留在花蓮？要不要辭職？還是要留在主筆室？要不要辭職？還是轉任副總編輯？要不要辭職？還是繼續當總編輯？

每當面臨抉擇，我就會回陽明山，去文大曉園看夜景。我想去問問二十歲的瞿欣怡：「你怎麼選？」

最終，當年那個不知天高地厚的女孩，都會肯定地告訴我：辭職吧，放心去寫，不會餓死，一定有人喜歡你寫的文章，總有一天，你寫的故事會有力量。

如果最終的結局都是坐上那架爆炸的飛機，我想，我會滿意我的人生吧。因為，我很勇敢地做我想做的事情，很勇敢地成為我自己。

我也許曾因挫折而遲疑，但我從來沒有膽怯。人生如此，足夠了。

41 可以不要堅強嗎？

我這個星期很脆弱，因為墨麗生病了。墨麗是我的狗，剛斷奶就來到我身邊。我從來沒有想過，我會無條件被愛，更無法想像，會有一個生命，毫無保留地相信我、依賴我。

這個世界上最愛我的，不是媽媽，不是太太，而是我的小黑狗，墨麗。

墨麗是坐在紙箱來到我面前的小狗。住在花蓮的第三年，我吵著想養狗，想去收容所認養，太太說：「不急，時間到了，小狗會自己來到你面前。」根本是在敷衍我！誰也沒想到，墨麗真的來了。

四月午後，我在書房工作，鄰居K突然打電話問我：「你可以當狗中途嗎？」咦？沒問題吧，不就照顧一小狗？半個小時後，K抱著紙箱來了，有隻小小黑狗好奇探頭，我驚訝地問：「不是白狗？」K大驚：「黑狗不行嗎？」也沒有不行啦，我只是有點意外，因為我想養白狗啊。

總之，我很沒禮貌，見到墨麗的第一句話竟然是：「不是白狗？」

墨麗當時剛滿月，巴掌大小，我馬上幫她拍了很多比例尺照片，她比鉛筆還短！好可愛！

小狗不會爬樓梯。第一晚睡覺時，我一手抱小狗，一手拿杯子，搖搖晃晃走回三樓。那一夜我們都沒睡好，我怕小狗到陌生環境鬧肚子，拉得滿屋都是，只要她一有動靜，我就驚醒。她作勢蹲下想便便，我急得一手抄起她往浴室跑，內心吶喊著：「千萬別拉在房間！」結果她被我嚇得撒了好大一泡尿，驚慌的我，一腳踩在尿上，差點滑倒！

我一點一滴教導墨麗，她跨越的第一道階梯，是在花蓮家的院子，屁股一扭，就跳下一階，跳完就扭著屁股往上爬，一扭就爬上一階。整個早上，我們就在小院子裡玩爬樓梯。我還教會墨麗「Sit」、「Down」、「等等」。

小小的墨麗很黏人。我不得不出門，她就汪汪叫個沒完；我才一進院子，她就已經在門口等待。後來打掃阿姨才告訴我：「你出門以後，墨麗就一直守在紗窗前動也不動，直到你回來。」

我的腳邊多了一團小黑影，我走到哪裡，她就跟到哪裡，我在書房工作，她睡在我腳邊；我在廚房做飯，她蹲在門口等肉肉；我回房睡覺，她就睡在我床邊；我早上起床刷牙，她也跟著起床，躺在浴室門口搖尾巴。

我們在花蓮相依為命。一年後，我搬回臺北，把小狗也帶上，從中途三個月變成一輩子的承諾。我們不能分開。

墨麗跟我們過了九次生日。九歲，在獸醫的定義下，是老狗了。她愈來愈有個性，不一定會等門，挨罵會擺臭臉，天熱天冷都不喜歡出門。

萬幸的是，她還是那朵小影子，只是胖了點。我寫稿，她就躺在我腳邊睡覺，我起床，她還是會跟出來關心。我們不能分開。不管幾歲，她的眼睛都那麼明亮，個性永遠那麼幼稚。屋外有狗叫，她也跟著叫；門鈴一響，她馬上衝到門口汪汪汪，保家衛國來著；垃圾車一來，她毫無例外，每次都鬼吼鬼叫。

可是，墨麗最近安靜了。她生病了，眼睛黯淡，步伐緩慢，就算有人按電鈴她也不叫，她甚至不愛吃。我們帶她去醫院檢查，本來擔心是腸胃問題，沒想到腎臟指數飆高，追加了肝腎超音波。

躺在診療床上的墨麗非常乖巧。醫生苦惱不知該如何叫小狗趴下時，我一聲：「Down！」小狗馬上趴好。醫生仔細地照了很久，小狗都乖乖的，我輕輕摸著她的臉，跟她說：「沒事喔，你是最棒的小狗，做完檢查就可以回家囉，一切都會沒事的。」小狗信任地看著我，相信我，也依賴我。

「啊，肝臟裡面有東西……，」醫生仔細來回檢查後，突然說：「還不能確定是不是惡性，只知道確實長東西。」我聽到這句話，眼淚馬上掉下來。不是說沒事嗎？怎麼在最後才找到問題？

「墨麗的肝臟裡面長東西……」我抓著這句話，一直哭。哭到醫生拚命思考更溫和的措詞，哭到太太尷尬地笑了，哭到小狗跑去蹭醫生，跟醫生說：「你快跟我馬麻說我沒事，不要讓她一直哭。」

雖然還沒有確診，也許沒事啊！我卻哭了兩天。像個傻蛋。小貓不能沒有墨麗啊！

我不明白，為什麼我的小黑影會生病？我不能失去她欸！為什麼我要承擔這麼多？

我想起太太八年前乳癌確診，我跟她說：「沒關係！從今天開始，就是新生活運動！把身體養好！不怕！」

我想起媽媽失禁時，我跟她說：「沒關係，我來處理，你去休息吧！沒事的！」

現在換我的小阿狗生病了，我不想堅強欸！我一直是最堅強的那個人，我可以脆弱嗎？

我不想再做個堅強的人了。

人到中年，到底要面對多少生老病死，生離死別？五十歲的週記簿，怎麼會有這麼多難題？

小貓跟墨麗，不可以分開。

**太太堅持要我補充說明：「小狗沒事，她已經恢復食欲，而且肝臟裡的東西也不一定是壞東西。」

**小貓堅持：「不管，我跟墨麗不可以分開。這個世界上最愛我的，不是我媽，也不是你，是我的小狗！」

42 安撫自己的驚慌失措

最近長照進入新的大關卡：跌倒。媽媽不愛用拐杖，而且很能忍痛，之前獨居跌倒，肩骨都跌斷了，忍一個多月，直到整條手臂烏青，沒有力氣把自己撐起床，無法幫居服員開門，我們才發現她受傷。

我嚇壞了，把她接來台北開刀，並且堅持她得跟我住。那是第一回合對抗。一個多月後，她身體養好了，胖了也健康了，就不斷偷跑回桃園，還曾經迷路被送到警察局。

媽媽偷跑的意志力太強大，我只能投降，讓她住在她喜歡的地方，繼續找人照顧她。長照督導無奈地說：「只能等她下次跌傷，你再接來台北吧。應該也不會太久啦。」

果然，才一個多月吧，媽媽就在自己家的中庭跌倒，沒什麼傷勢，鄰居們卻都嚇壞了，瘋狂打電話叫我回桃園接人。我放下工作，衝回桃園接人。這次接回台北，應該就是長住了。媽媽退化速度加快，對我的依賴加深，我們不斷摸索共同生活的節奏。

長照之路沒有緩坡，而是劇烈的直線下切。

偷跑的問題剛解決，失禁的問題來了，她無法控制上廁所的時間，又不肯包尿布，客廳、浴室，都有她尿濕的痕跡。為失禁抓狂過幾次後，我終於明白，我需要處理的不是我媽，是我自己，我不要有情緒，髒了就擦，濕了就換，既然她不會改變，那就我改變。

失禁的關卡順利通過後，跌倒的大魔王關卡來了。幾乎所有的老人都不願意用拐杖，嫌麻煩、怕丟臉，我不懂，明明跌倒很可怕啊！

媽媽從兩週一跌，變成一週一跌，甚至三天一跌，跌倒的傷害難以預期，不是每次都能屁股著地，萬一撞到頭怎麼辦？

媽媽每次跌倒，我都會失控狂吼，吼完又深深自責：「她不是故意的。」「她跌得很痛。」「她對自己感到絕望。」這些我都明白，可是看到媽媽跌倒，真是太難忍受；想到我要收拾爛攤子，就更難控制情緒。更絕望的是，媽媽根本不怕我，照樣不拿拐杖。

前兩天，媽媽跌到新境界，一天四跌。第一跌是在半夜，我跟太太難得跟朋友聚會，喝到半夜，好久沒有這麼開心了。回家後，媽媽聽到聲響，想出來看我們，蹦地，在房門口跌倒，太太直擊跌倒瞬間，嚇得尖叫，我衝過去一看，太驚悚了！媽媽滿臉鮮血！

手忙腳亂擦乾淨後，發現頭沒破掉，只是眉角撞到門框，撞出三公分的傷口，不是大傷，擦了藥膏，貼上藥布後，再補一顆消炎止腫的藥就沒事了。「媽媽沒事，我有事啊！我的心被狠狠撞破一道傷口，嚇得我整夜不好睡。「媽媽滿臉鮮血」，光寫出來都驚悚，而且我不斷責備自己為什麼要出門喝酒，一定是老天爺在懲罰我！

隔天一早，她又跌倒了，這次跌在客廳。我睡得迷迷糊糊，聽到「蹦」一聲，馬上從床上跳起來，衝到客廳。媽媽跌得四腳朝天，腦袋撞到地板，人都撞傻了。我又氣又心疼，罵她為什麼不用拐杖？問她有沒有頭暈？還好，只有嚇到，沒有摔傷。

中午，又「蹦」一聲，這次還是跌在客廳，依然是四腳朝天，一臉呆傻。晚上，又一聲「蹦」，我從客廳沙發上跳起來，這次跌在房門口，像隻烏龜，手腳亂滑，表情呆滯。我氣到失控，破口大罵：「你為什麼不用拐杖？你不痛嗎？你為什麼要這樣對我！」

我知道跌倒後，她比我更痛、更沮喪，不代表我不能憤怒。跌倒的是她，我內心卻有很多委屈。明明這些意外都是可以避免的，明明只要她願意聽話，我們就可以過得安穩些，她為什麼不聽話！

我把她扶回房間後，什麼都不想管了。我又失控抓狂，我為什麼不能失控？

「我不應該罵我媽的。」我很沮喪地跟太太說。

「沒有什麼應不應該。」學心理學的她，總是在第一時間接住我。

「至少你在那裡。」我想起曼娟老師說的，至少我在她身邊，至少我是扶她起來的那個人，曼娟老師說：「沒有人可以做得比你更好了。」

我在心裡告訴自己：「我很努力了，我也是個人，我有情緒，我不完美。但是，至少我在這裡。」

能夠做到「在這裡」，已經很盡力了。

這幾天只要家裡有風吹草動，連半夜小狗起床尿尿，我都會驚醒，以為媽媽又不拿拐杖亂走。太太則不斷夢到有東西掉到地上，在夢中不停被嚇醒。

我除了時不時晃到媽媽房間，幫她把拐杖放在床邊，也下單買了加厚的木紋巧拼，讓她跌倒時不會受傷。

長照啊長照，除了要安撫老人家的心，似乎也要開始學習，接受自己的驚慌失措，接受自己的憤怒與悲傷。

43 沒有人應該為你挺身而出

最近努力練習「為自己說話」。沒想到快五十歲了，還得練習為自己挺身而出，人生就是這樣，功課永遠做不完，每一個練習，都是為了讓自己活得更舒服自在。

說來微妙，儘管我的朋友說我「難相處」，意見很多毛很多，可是真的要為自己爭取些什麼，或者面對不公平要表達抗議時，卻還是很難啟齒，很多時候，都會叫自己「忍一忍就沒事了」。

可是，我都五十歲了欸，我不想忍了！

最近參加一個餐會，被安排在遙遠的角落。太太跟我同行，姑且不論她的輩分應該坐前面些，她的腳不方便，怎麼樣都不應該安排在不好出入的角落。

我在座位上想了很久，到底該算了，還是表達不滿？後來我決定練習「說出來」。我直接跟主辦的朋友說：「我知道餐會的座位難排，你們體貼了所有的來賓，卻因為我跟太太好說話，有交情，所以忽略了我們也需要被體貼，我沒辦法接受，我覺得很不舒服。」

主辦方當然很抱歉，也馬上要幫我們安排新的位置，我卻婉拒了。大家都已經入座，根本不好調動，而且我現在換位子，對同桌朋友很不禮貌。我不是要求當下就要換位子，而是希望下次我們也能夠被體貼。

回家後我想了很久，我真的要這麼難搞嗎？於是我問自己：「如果坐在原來的位置，委屈嗎？」答案是肯定的：「我很委屈。」那就夠了，如果覺得委屈，就為自己爭取，為自己說話，因為你不說，別人也不會為你調整。至少我勇敢地爭取了。這是值得高興的事。

生活裡還有其他事情，得自己捍衛自己。照顧媽媽時，家族長輩難免會有很多「善意的建議」，一下要我帶媽媽剪頭髮，一下又要我煮魚給媽媽吃，甚至叫我每天陪媽媽運動。我聽完長輩們的「建議」，心裡苦笑：「都把我當超人了吧？」我不替自己說話，他們是不會放過我的。

就連對自己的親媽，也得劃界線。前幾天，媽媽突然跟我要錢，劈頭就說：「你明天提幾萬塊給我。」她那副理所當然的表情，深深地刺傷我。我照顧她吃穿用住，安排她住院開刀，張羅她長照的大小事，花錢如流水，她竟然還跟我說：「提幾萬塊給我花。」

我氣得發抖，直接拒絕，反問：「你為什麼敢找我要錢？為什麼不去找你兒子要？你把我當成什麼？」是啊，就算是親媽，也不能隨意讓她越界，一定要守護自己。

這個世界真的很現實，每個人都有自己的算盤，打得很精。有時候基於感情，我會在明知道吃虧的情況下，心甘情願被占便宜，那是自願的；可是如果我不樂意，我就會抗議，絕對不能被吃豆腐還不出聲，人不可以活得那麼委屈，那麼鄉愿。

如果連你自己都不敢為自己說話，誰又該為你挺身而出？

44 我是善良的人嗎？

前幾天收到團購的日本零食，多了一個銀座文明堂的焦糖布丁，貼了張小紙條，寫著：「獻給最善良的小貓。」感動得不知所措。

帶媽媽去仁愛醫院回診，順便做失智鑑定，跟已經熟識的醫生說：「我最近積極找各種照護的可能，已經找到安養機構，也要面試外籍看護了，我的朋友們都很幫忙。」護士接話：「你平常一定人很好，大家才會這麼幫忙。」我有種乖寶寶突然被讚美的害羞，吸吸鼻子，有點想哭。

週四晚上去做心理諮商，是長照督導覺得我快被壓垮，為我安排的。我身邊有太多優秀的諮商師、精神科醫師，我本來對公部門安排的諮商意興闌珊，想到他人的好意，還是提起精神去了。沒想到完全陌生的心理師，卻帶給我不一樣的觀點與視野。

諮商師是年長又資深的男性心理師，聽我說完照顧媽媽的細節後，說：「我聽到一句很重要的話：『我必須承擔。』長照很難很苦，但是你承擔了。」我自己並沒有想到「承擔」，我只是不能把媽媽放著不管。

接著我講了童年往事。爸爸媽媽鬧離婚時，媽媽離家出走，爸爸問我：「你要選誰？」我傻瓜一樣堅持選「媽媽」。結果爸爸把我關在黑黑的小房間，說：「這就是選媽媽的下場。」

我曾經非常怨恨爸爸，直到我參加一場「邊緣性人格研討會」，發現爸爸不是故意這麼壞，不是故意打我，他只是生病了。我好自責，我不應該怨恨他。

我也很同理弟弟。他曾經被爸媽扔在家，九歲的他，獨自住在一百坪大的房子，他每晚哭，哭到累了睡了，隔天像沒人要的孩子一樣，髒兮兮上學。他內心有個黑洞，我不應該責怪他。

講著講著，內心湧現很多委屈。是啊，我不應該怨恨媽媽、爸爸、弟弟，可是，他們的無奈跟我的受傷，是兩回事。

「你也是童年被傷害的孩子啊。」諮商師說。

啊……。我真的很少想到我自己的傷口，我只看見媽媽的無奈、爸爸的撕裂、弟弟的傷痕，我忘了，我也是受傷的孩子。

「我是個善良的人嗎？」也許我並不是。我只是明白生命好苦，人生好難，所以我想盡可能地善待身邊的人，讓自己成為他們生活中的微笑，而非眼淚。

我希望有緣相聚的每一個人，都能笑著擁抱，笑著道別。

我並不明白什麼是「善良」，可是活著有時候真的好苦，每個人都有苦楚，如果能夠在悲傷時，能短暫地彼此依靠，那就夠了。

45 終於學會溫柔

很喜歡的朋友即將離開台北，回故鄉創業，也陪陪媽媽。我們相約新東南為她送行。

我一直很喜歡這群朋友。我們在媒體集團認識，意外成為好友，我們有個別名：第三排，因為我們坐在辦公室的第三排。我們非常吵鬧，常常被總編輯罵：「又是第三排！」成員很簡單，我、攝影主任（又稱學長）、坎尼，還有小俠。

他們帶給我很多美好，最美好的就是成為兄弟象的球迷。我們會一起蹺班看國際賽轉播，假日去棒球場鬼吼鬼叫。那時候的我們，還很青春，我跟學長才三十出頭，坎尼跟小俠才二十來歲，我們用力工作，用力玩耍，對看不順眼的人也很敢嗆。我們還稜角分明。

疼愛我們的總編輯被離職後，空降總編輯對我們很不滿，嘲諷我們「自我感覺良好」。我們天不怕地不怕，連長官都不怕，自認為行得正就不用怕鬼，卻不知道鬼會躲在暗巷吃人。鬼從來不光明正大。

才一個月，我們就陣亡，相繼離職。坎尼先去公部門，後來又轉戰金融產業，做得風生水起；小俠到另一個媒體集團，負責網路社群；學長也轉職到另一家媒體；我則去花蓮窩了好幾年，我需要平撫衝撞帶來的內傷。稜角太過會刺傷自己。

第三排來花蓮看我，我們一起去七星潭，對著大海吶喊：「我們要做溫暖的笨蛋！」就算遍體鱗傷，我們也不想變成冷漠的人。

有一次，坎尼面臨生涯轉變，我們出來喝酒。回程，我還在車上激勸「不要輕易離職，要考慮現實啊！」沉默許久的學長幽幽地說：「你們都是有選擇的人，要做自己。」學長突如其來的溫柔，讓我們沉默了。

我們散落四處，孤獨地在自己的人生道路上，披荊斬棘。我離開媒體保護傘，寫了一本又一本書，從要求掛名，到爭取更好的行銷與出版資源，每一次爭取，都像上戰場，我把膽怯藏好，戴上強悍的面具。只有我自己知道，一路上我多麼害怕膽小。我想讓自己變得更強，強到總有一天我不用再爭取。

坎尼也一樣吧。她瘋狂加班，瘋狂打怪。她一路晉升，強到有自己的位子，強到再也不用爭取了。我們沒有虛度光陰。每一天的努力，都是為了成為自由的自己，為了我們可以毫不在意地放下職場頭銜。

十年後，坎尼終究要離開金融圈，離開台北，很多人為她介紹新工作，她卻執意要返鄉創業，她說：「現在是我人生最好的時光，我不想賣給工作。」

我們依然是溫暖的笨蛋。我們都見過人心險惡，所以更要善良。她說：「我一直在做好事，也很努力，我這麼優秀，沒有理由不成功。」果然是「自我感覺良好」的第三排。我們真的沒有理由失敗，因為我們非常非常非常努力。

聚餐的這天早上，我跟熱心公益的企業家通電話，我們都對台灣的未來感到憂心，想集結更多力量，找到更多天使，讓台灣更好。其實這樣的書，我在小貓流就想做了，我想集合不同領域的意見領袖，討論台灣的未來，可惜小貓流太小，我沒有資源，掙扎許久才死心放下。沒想到機緣卻在五年後出現。而我準備好了。

我跟第三排在新東南喝酒嬉鬧，微笑地看著相識超過二十年的朋友，心裡想著「因緣俱足」四個字。一路衝撞的我們，終於長大成熟，我們懂得溫柔了，懂得給世界一點時間，宇宙會回應我們的。

我們曾經撞得頭破血流，抱在一起哭過很多次，流過好多淚。終於，因緣俱足，被眼淚澆灌的種子，開花了。

46

我們不必永遠都那麼勇敢

本週的週記遲到一天，因為我在台東懶散了。昨晚躺在沙發上，無論如何都不想打開電腦，決定徹底放假。好久沒有這麼任性，這麼放鬆自在了。到底把自己逼得多緊？

上週的台東之旅得來不易，原本為了照顧媽媽，差點取消的旅行，幸好有大天使出現，願意幫忙照顧媽媽，還有同行朋友幫忙張羅住宿車票，我才能不帶腦子地出發。

這趟旅行是為了在台東的月光海下，聽萬芳唱歌。我們在都蘭包下一整棟民宿，提早一天入住。月升後，在陽台看超級月亮，我對著月亮許願：「親愛的月亮，請賜我平靜，請滋養我。親愛的月亮，給我錢給我錢給我錢。」我到底在胡說八道什麼，真是個誠實的孩子。

隔天早上，朋友對著我們房門大喊：「救命啊救命啊救命啊！失火了失火了失火了！」我大笑，有夠北七的起床號。簡單梳洗後，到面對大海的餐廳吃早午餐，有非常好的Tapas和西班牙檸檬啤酒，我們慢慢吃早餐，言不及義地說笑，想吃就再點，想喝就再來一瓶。太久沒有這樣緩慢地吃早餐了。

回到民宿，其實也帶了電腦，也帶了功課，就是不想打開，我在度假啊，我不想工作啦，於是就在民宿的沙發上睡著。睡醒，拖拖拉拉出發去都歷看演出。

都歷的舞台有一座小丘，背對著太平洋，月亮一直躲在雲後面，直到萬芳出來唱歌時，月亮升起了！我們一起對著月升驚呼，真是太美了。她唱了〈從前〉、

〈割愛〉，這兩首歌我可以從第一個字背到最後一個字。第三首是〈我們不是永遠都那麼勇敢〉，我第一次聽到這首歌就哭了，這是萬芳自己寫的歌詞：

你喜歡被讚美，卻只記得被批評
羨慕別人卻忘了自己
害怕有天年華老去　想堅強卻突然傷心
眼淚用微笑藏著

我們不是永遠都那麼勇敢
不是每一次都可以強壯
當寂寞來的時候　會心痛
親愛的　我和你都一樣

「我們不是永遠都那麼勇敢」，這一句話打中我的心。我一直在武裝自己變得很強悍，其實我脆弱又膽小。我只是在逞強。

萬芳很懂我。有一次我路過她的工作室，晃進去找她閒聊，她馬上拉椅子叫我坐下，笑咪咪地說：「你今天是瞿小姐，你要好好被照顧。」在一旁的經紀人法德則溫暖地說：「你最近一直在勉強自己吼？」是的，我硬著頭皮主持廣播、寫專欄，努力做個像樣的總編輯，我每天都在勉強自己要很勇敢、更勇敢。她們溫柔地卸下我的偽裝。

在月光海下聽萬芳吟詩一般地唱這首歌，我再度深深地被安慰了。我今天沒有哭，我微笑著。我不用再逼自己勇敢，我就是我。

萬芳之後，是壓軸的潘越雲，我獨自站在高高的小丘，聽潘越雲唱〈野百合也有春天〉，十七歲的我，愛得很卑微，總覺得自己是山谷裡的野百合，只盼望喜歡的人看我一眼，便已足夠。

那個膽小的，古怪又彆扭的女生，長大了，敢去愛，敢去天涯海角，開心就大笑，悲傷時不遮掩地就哭了。三十年啊，跌了很多很多跤之後，長成這麼好的我。

音樂會之後，沒什麼重要的行程，在台東睡覺、閒晃，吃喝、說笑。疲憊不堪的我，被台東的山海、朋友的笑聲，和無所事事的放鬆療癒了。

最後一天早晨，我把鬧鐘訂在八點半，想起來寫週記簿。我沒醒，室友們都被我吵醒。太太不高興地說：「出來玩，鬧鐘訂這麼早幹嘛！」

我在心裡回嘴：「因為已經睡滿八小時，該起床了。」啊，我突然覺察到，我把自己逼得好緊，小貓啊小貓，這樣不好唷，要鬆一些，鬆鬆的，世界還是會好好運行。

不必永遠都那麼堅強，不必永遠都那麼勇敢。偷懶、脆弱、膽怯，都很好，宇宙依然會滋養你的。

47 因為你是很棒的人啊！

回到台北，回到亂七八糟的長照生活。每天都在處理媽媽失禁、媽媽吃飯或者不吃飯、媽媽走丟、媽媽跌倒。每天都像打棒球，也像打麻將，來什麼打什麼，努力把手中的牌整得好一點。盡量不抱怨、不責備，生活已經夠累，不想再有怨懟，那樣活著太可憐了。

如果可以，還是要活得燦爛，活得爽颯。要活得像一首詩。

快五十歲了，知道無法活得事事周全，只能盡力而為，把該做的事情，盡量做好。我是抱著這樣的心情過日子，單純，沒有雜念，因為沒有力氣演小劇場了。沒想到這樣的我，在陌生的諮商師眼中是好孩子。

「你是一個勇於承擔的人。你也可以丟下媽媽不管，但是你沒有。」

「你小時候也吃過苦，也曾經被遺棄，也挨過打，可是你沒有怪他們。爸爸生病了，所以他不是故意打人；弟弟心裡有陰影，所以他遠離媽媽也很合理；媽媽活得不快樂，很痛苦，所以她只好遺棄孩子。你看見別人的不得已，你不責怪爸爸媽媽，也包容了弟弟，你是很棒的。」

咦？是這樣嗎？我從來不覺得我是個善良的好人，我只是很努力生活，很希望善待每一段緣分。生活那麼苦，我只希望每一個相遇的片刻，都是快樂的，是沒有枉費的。

我從來沒有想過我是「很棒的人」。諮商師給我一張久違的好寶寶貼紙，我高興得不得了，像小朋友一樣，貼在胸前，炫耀一下，也提醒自己：「欸，雖然生活一團亂，但是，小貓，你是很棒的人喔！」

其實長照變動很大，前兩次諮商，我都精疲力竭，第一次是媽媽半夜跌得滿臉血，我嚇死了，好幾晚睡不好；第二次是媽媽不小心把我們鎖在門外，我差點以為她死在家裡，太可怕了。

我以前很討厭諮商師正向鼓勵那套，不過我被嚇壞了，好需要正向的鼓勵。每次離開諮商室，都血條補滿，膽戰心驚的小貓不見了，取而代之的是很有能量的小貓！

第三次諮商時，長照有了更戲劇性的變動，我們突然找到外籍看護，媽媽不用去安養院了。看護的名字就叫作Love，我開心地說：「God sends me Love.」

Love是非常好的看護，很有經驗，而且生性樂觀。媽媽一天失禁三次，Love很快發現、處理；媽媽不肯洗澡，Love扭屁股把她哄進浴室；今天早上，Love哼歌跳舞，牽著媽媽搖擺到客廳。我的生活已經很久沒有歌聲跟笑聲了。

Love帶著愛來了。我充滿感激。認為一切都是老天爺的恩賜。

諮商師卻說：「換個角度想，因為你是個很好的人，所以大家都很願意幫忙。」

咦？真的可以這樣想嗎？是因為我很好，所以老天爺來幫助我嗎？我恍然大悟，卻又有些不敢置信。

「真的可以認為自己很好嗎？」

「當然可以啊。」

我不只得到一張好寶寶貼紙，而是得到一整本好寶寶集郵冊。諮商師也是天使吧，是老天爺派來的吧！

因為長照的問題暫時解決，我跟諮商師說：「下次我們可以聊自我的議題嗎？我常常在想，哪一個我才是真實的我，是在諮商室很邋遢很疲倦的我，還是踩高跟鞋穿著香奈兒的我？」

諮商師笑了：「當然可以，這是很靈性的議題，希望我有能力跟你對話。」

這是讚美吧。

小貓好幸福喔。

48 我已經很棒了，不要再努力了！

「我不要更努力了，我這樣已經很棒了！」前兩個禮拜做心理諮商時，我脫口而出。語畢，我跟諮商師都開懷大笑，對，我已經夠努力了，到頂的努力了，我不要再努力了，我現在這樣已經很棒！

我們本來是在討論「自我的三個層次」，內在的我、外在的我，以及如何成為完整的自我。話題繞來繞去，忘了講到哪裡，諮商師突然說：「雖然還有努力的空間，但你已經很棒了！」

我突然說：「不，我不要再努力了，我到頂了，我從二十歲努力到現在，已經夠了，我很棒！」

這段話看起來簡單，背後有太多辛酸血淚。我在二十歲下定決心要寫作，三十年來為了成為作家，吃很多苦。我曾經窮到窩在海邊小鎮靠女朋友養，她忘了給我錢，我就沒飯吃；我也曾經寫稿寫到抱著電腦在床上昏睡；我出席過只有兩位聽眾的朗讀會，還是笑著說完；也曾在代打上場演講後被主辦單位羞辱，他對我說：「長官根本不想找你，是我拜託來的。」

挫折不會阻礙我，因為我好強，我不想輸，所以我拚了命努力。我不想依賴媒體光環，想要自己打出一片江湖，於是我離開組織，單打獨鬥，必須好到百分之兩百，別人才會看見你、尊重你；必須強到連通路都指定我，我才可以毫不理會競爭者的霸道。

我必須比別人用力無數倍，才能得到一點點自由與尊重。

而且我好喜歡逼自己努力。前兩年跟朋友比賽減肥，每天只能吃極少的兩餐，嚴格戒澱粉戒糖，早上跟晚上都得去健身房報到，還在八月的毒太陽下，穿外套跑步。神經病一般的操練，很累很苦，我卻堅持下來了。

去年為了參加鐵人接力，也硬逼自己跑步，在逼迫自己進步的過程中，確實得到很多很多快樂，也有很多成長。

可是啊，我突然覺得，已經足夠了，我不用再證明我很強，我做得到，我值得被尊重，我值得被愛。

我已經五十歲了，在該努力的年紀，我都沒有偷懶，我打敗無數的心魔，沒有放棄地走到現在。能走到這裡，很好了。

想起去年冬天，工作爆量，加上媽媽生病，我的心臟變得好弱，回去看中醫時，師父對我說：「你很聰明，這些工作都可以完成的，只是你要放鬆一點，不要那麼努力。」

我當時聽不懂，還是常常用力過猛。直到這天在諮商室裡我才猛然明白，啊，我不用再用力過度了，心鬆鬆的，事情還是可以做好啊。我已經有一身武藝，不用再著急耍花槍。

「小貓只要是小貓，就足夠被愛了。」四十歲生日前夕，我在花蓮明白就算我任性彆扭，還是可以被愛；五十歲生日前夕，我在台北學會，就算我不再用力，我也很棒，也值得被愛。

49 我們都是乘風破浪的姐姐

最近迷上看陸綜《乘風破浪的姐姐》。起因當然是王心凌跳〈愛你〉，真的太可愛，忍不住重複看了幾十次，於是入坑，甚至連《乘風破浪的姐姐第二季》都一起追完。

《乘風破浪的姐姐》動人的不僅僅是舞台表演，姐姐們的人生經歷，讓舞台更深刻。

以《延禧攻略》走紅的吳謹言，在初登場時選擇跳芭蕾舞，眾人驚訝，她卻說：

在初舞台選擇的時候，身邊也有很多人給我建議，你要不要跳熱舞，很燃的那種。我說不行，我還是想堅持芭蕾。我跳了十三年芭蕾，其實沒有帶來過自信。我爸媽培養了我這麼多年，可是每次來劇場看我演出，都得找我，因為我永遠是在集體舞最旁邊的位置。他們很少看到我跳舞。我不太知道舞台中間的那束光，自己站到那裡是什麼感覺。我想既然《乘風破浪的姐姐》這個舞台起碼有一分半鐘的時間，是留給我自己的，讓我一個人跳，我就要來看一看，中間那束光是什麼樣子。

她的勇敢，深深打動我。以前我只知道她是《延禧攻略》的令妃，卻不知道她的故事。原來，在成為令妃前，她也在無人知曉的角落苦熬，直到有天，光來了，她準備好了，無所畏懼地向光而去。

這也是每個「姐」的故事。面對舞台的潮起潮落，她們沒有放棄，她們被巨浪打上灘頭，疼，卻沒有死絕，她們蹲得更低，等待下一個浪頭又來，勇敢跨步，跳到浪上，乘風破浪，飛得更遠，更昂揚。這些姐姐們不再青春，笑容卻更動人。

每一朵笑顏如花，都是被淚水澆灌才綻放。

我們也是啊。長到了被稱為「姐」的年紀，誰沒有在人生的道路上，挨過幾個巴掌？歲月帶著風沙，颳掌著我們的臉，我們挺過來，用更燦爛的笑容面對眾人。

舞台上張柏芝、鍾欣桐，笑得如此明豔，她們都曾經被陳冠希豔門照事件傷害，那些不堪，像是狠狠打在臉上的巴掌，滾燙而窘迫，可是生命不能只停留在陰暗角落，必須勇敢走向光束，黑暗才會過去。那幾個巴掌紅印，如今成為一抹腮紅，標誌了她們的勇敢。

最遺憾的人生，不是跌跤，是退卻，是從此失去笑容。歲月不只帶來年齡增長，也帶給我們豐富閱歷，跌宕起伏都是禮物，挫折更是把我們打磨打亮。

願我們都能乘風破浪，被挫敗磨練得閃閃發光。

50 把人生弄明白，就沒什麼好害怕

最後三篇，想寫點內心話。先來講講「自信」吧。這幾年常聽到朋友說我：「氣場很強。」尤其是一起工作的夥伴。

剛開始我很震驚，我從來沒想過我是個「氣場很強」的人，相反地，我很沒有自信，我的心裡一直有個膽怯的小女孩，怕犯錯，怕被討厭，每天都戒慎恐懼。

我常仰望閃閃發光的人，得了好多文學獎，好會寫的同輩作家；得到很多資源，不斷跨界的創作者；總是被很多厲害的人圍繞著，有超強人脈的朋友。我仰望他們，渴望自己也能得到些許才華，能不能有些光也打在我身上？

我一邊仰望他們，一邊在自己的小角落奮力掙扎。

可是當我真實地認識他們後，我才知道，他們也同樣沒有信心，他們也在自己的小角落苦苦求生。這竟讓我升起了慈悲心，原來我們一樣苦，太好了，又太不好了。

有些名人的隕落，也給我很大的震撼，比如惠妮．休斯頓。年輕人可能不知道她，她當年那首〈I Will Always Love You〉紅遍全世界，那首歌是我英文歌曲的啟蒙。她好會唱，又長得好美，卻因為吸食過量毒品身亡。她的好友凱文．科斯納在喪禮上致悼詞提到，惠妮．休斯頓很沒有信心，總是覺得自己不夠好，常問：「我夠好嗎？我夠漂亮嗎？他們會喜歡我嗎？」

原來，這麼有才華又美麗的人，也沒有自信，為什麼？

原來，每個人心裡都住著一個怯弱的小孩，那個可憐的孩子，把父母的責備都吃進肚子裡，責備沒有養分，比垃圾還不如，於是他們永遠長不大，永遠瘦弱，永遠在緊要關頭嚇得發抖。

我的膽怯小孩也吃了好多好多責備。比如我興高采烈問媽媽：「你覺得我漂亮嗎？某某跟我，誰比較漂亮？」媽媽不高興地罵我：「為什麼要比誰漂亮？為什麼不比功課好？她考第一名，你為什麼不考第一名？比較外表是最膚淺的！」「……可是我考得也不差啊。我就是想問我漂不漂亮……。」從此我不敢問媽媽：「我漂亮嗎？」

我一天一天長大，在人類的真實世界匍匐前進，膽怯小孩卻常拉著我的衣角，提醒我，我很差，我不值得被讚美。

大學畢業前夕，我鼓起勇氣跟寫詩的長輩說：「我決定了！我的人生就是要寫作！」長輩卻說：「先拿個聯合文學新人獎再說吧！」此後十年，每到文學獎收件前夕，我的膽怯小孩就哭著說：「我不夠好。」

長輩還說：「我很擔心你的未來。你沒有才能，不可能成為學者，也很難成為作家，能當個編輯就不錯了。」也許這話太刺激，膽怯小孩還來不及哭，我已經提槍上陣，我不服氣，我要宣戰！

我把人生活得像戰場。忙著打仗，忙著征服，我不想輸，不願意投降，槍再重我都扛著衝。

我寫第一本書的時候，朋友冷嘲熱諷：「寫書很難欸！你一定會虎頭蛇尾啦！」那本書真的很難寫，我寫了兩年，寫完了，還得獎了。

我闖過槍林彈雨，偶爾贏幾場，很快又輸了。我曾經在好幾年裡，不停地輸，不停地遭遇挫折。我躲到花蓮，把傷養好，再回到戰場繼續打仗。

人生的戰場無處可逃，就算是哭哭啼啼上場也沒關係，哭得很醜也不丟臉，反正別人看不到。

漸漸地，我贏的次數愈來愈多，不知不覺，那個膽怯的孩子慢慢長大，她偶爾還是會不自信，覺得自己太胖、太蠢，擔心說錯話又惹人不開心，害怕自己沒有別人說得那麼好。

即將五十歲，有一點點老。回頭看看我走過的戰場，那麼脆弱又沒自信的我，活下來了。

把人生弄明白，就沒什麼好害怕了。所謂的氣場強，大約只是這樣吧。

51 五十歲的生日願望

《人生中途週記簿》，已經來到倒數第二篇。這幾日一直在想，寫什麼好呢？這一年感觸很深，經歷很多事，媽媽老了，我直面生命的衰老與死亡。

最痛苦的時候，薇姐對我說：「父母是用他們的身體，為我們示顯生命。」那一瞬間，很多的疲倦、委屈，都消失了。這是一門必須學習的功課，我們學習的對象，是生育我們的父母。

以前我以為面對伴侶罹癌，就會長大。如今我才知道，面對父母衰老，才真正成為大人，成為一個無所依靠的，頂天立地的人。

父親過世得很早，我才十九歲，並不真的明白死亡是什麼，也沒有孤兒感。可是二十幾歲時，有次跟當時的女友吵得很激烈，不知道為什麼，我哭著脫口說：「你就是欺負我沒有爸爸！」那是唯一一次，我強烈地感受到，失去父親，就是孤兒。

可是面對母親衰老，甚至可預期的死亡，我卻沒有孤兒感。而是湧現更深的「慈悲心」，明白人活著有很多無奈，很多痛苦，死亡是對這個世界真正的捨離。偏偏，肉身捨了，傷害過的人卻再也無法和解，愛著的人也無法訴說眷戀，多麼深的痛。

想起母親衰老地走向死亡，我內心總是會湧起很多慈悲。

多年前，朋友突然昏倒，被送去醫院時通知我。我在家為他念經，念著念著，突然感覺他來找我了。他哭著對我說：「我這一生啊，真是一事無成。」他是個在世俗定義下的失敗者，工作無著、妻小不睦，心裡有很多挫敗跟過不去的坎。我對他說：「你並沒有一事無成，你的人生好辛苦，你做了好多功課。」

我想著媽媽，她也是做了很多功課的人。她聰明有才華，卻因為家族緣故，無法繼續升學；她以為覓得良人，沒想到婚姻充滿暴力與謊言；中年喪夫的她，求愛卻不可得。她的一生好孤單。

看著她慢慢走向人生終點，如果能夠總結自己的一生，她會怎麼說呢？她大概會像平常一樣，嬉笑說：「我有享受啊，吃好穿好，是很好的人生。」我知道太多她以為是祕密的痛苦，那些遺憾她真的放下了嗎？可惜我再也無法問她，失智的她，活在平行宇宙。

那麼，我的人生呢？

這個寫作計畫快要結束了，我要預先許一個五十歲的生日願望：

但願我在死前那一刻，可以笑著說：我的人生，還不賴。

我吃過很多苦，被邊緣性人格的父親暴力相向，差點被母親放棄，和弟弟緣分淺薄。我還太小就明白人生是苦的，所以我努力讓自己活得快樂一些，如願一些。

在死前那一刻，笑著回想一路上奔跑的小貓，那個跌倒了爬起來哭幾聲，又繼續向前奔跑的小貓。那麼努力、單純，那麼心無雜念，這樣的人生，還不賴。

52 活著的每一天，都像在寫考卷

《人生中途週記簿》，寫到最後一篇了。時間像小偷，轉眼就把一年偷走，幸好我用文字過日子，一個字一個字，抓住時間碎片。

坦白說，開啟這個計畫的那一陣子，我過得並不好，每天都有新的挫折。有很多計畫起了頭，又突然中止。非戰之罪，卻還是很難過。新書卡關、ＩＰ計畫卡關，連專欄都要重新盤整。已經好幾年沒有同時遇到這麼多挫折，可是無論如何我都不會放棄寫作。那是我之所以活著的原因。

我孤注一擲地開啟了這個寫作計畫。我必須有最自由的空間，不受任何主題干擾地寫；我也必須有最嚴厲的逼迫，不讓自己半途落下。

我必須不停地寫，寫了，才能產生意義；不寫，就永遠只是想像與恐懼。想像自己可以走得很遠，或者恐懼自己毫無才能，這兩者我都不樂見。歌手，要唱了才有歌；作家，要寫了才有故事。

我並不知道這一年會經歷什麼。原本我準備了一些題目，總會有不知道該寫什麼的時候吧，沒想到這是無從準備的一年。生命會不斷給我們出考題，活著的每一天，都像寫考卷。

我悶著頭寫啊寫，寫到了今天，五十二篇，關於四十九歲到五十歲這一年，我所經歷的事情。除了有幾篇稍稍遲到外，我沒有請假，沒有偷懶，沒有放棄。這個世界上對我最嚴厲的人，是我自己。

最重要的是，這五十二篇都沒有虛偽，沒有謊言，脆弱與眼淚是真的，堅強與笑容也是真的。我一直很努力想要活得「一致」，活得真實。因為最終會循著這些文字回去找尋自己的，是我啊。

每一篇文章，都像在森林裡灑麵包屑的小女孩，我靠著這些碎屑，找回家的路。

謝謝參與這個寫作計畫的每一個人，陪伴我走完這一年，讓我不那麼孤單。每到週末夜晚，我都乖乖地坐在電腦前打字，想著總會有人在等我吧？

《人生中途週記簿》結束後，暫時不會開新的寫作計畫，我得休息一陣子。好消息是，週記簿已經確定要出版，明天我就會把出版合約寄回去。

本來想在十二月生日時出版，可是啊，這漫長的一年教會我最重要的事情，就是「鬆鬆地做」。以前的我，非常急切，恨不得所有的計畫都能馬上實現。這一年我學會「放鬆」，明白所有的事情都會在該發生的時候發生，所有的時刻，都是最好的時刻。

在強求了四十幾年後，終於學會「不強求」，學會「因緣俱足」。真是太好了。

「季節到了，花就開了。」這是四十九歲這一年，最美好的體悟。

謝謝你們的陪伴。我們一定會再見的。

後記　當下，繁花盛開

在開始寫《小貓的人生中途週記簿》時，我不知道等在前面的是什麼，我天真地以為，只是老了一歲，期待發生些有趣的事情。

人生遠超出我的想像。

從二〇二一年五月的第一篇寫作，到二〇二三年二月整理成冊，準備定稿，媽媽走了。這是我五十年生命中，遭遇最巨大的悲傷。

悲傷把我的靈魂震碎。

媽媽走後一個月，我在大安森林公園散步，小狗快樂跑著，春天的花開了，我突然平靜地理解，至親的死亡，會帶給靈魂巨大的驚嚇。心一片一片碎了。

原來，面對母親的逝去，如此悲傷。每天都有一小片靈魂飛散，必須很安靜守護自己，才能緩解被碎片刺傷的疼痛。

我終於學會，安靜與緩慢。

此前的四十九年，我總是靜不下來，成日蹦跳，思緒飛轉，我總想著要衝向前方，跑起來就對了，每天以跑百米的姿態活著，從來不覺得累，人生圖得不就是痛快？不就是燦爛熱鬧？

慢下來，才能等到花開。

這兩年我不斷被提醒「小貓，要對自己溫柔。」「小貓，你一直在滋養宇宙，宇宙也會滋養你的。」「人生是來做功課沒錯，但誰說做功課一定是苦的呢？」我還是學不會安心，學不會溫柔。直到媽媽離去，我像被按下暫停鍵，不僅僅是慢，而是靜止。

像春日陽光下的大樹，風來了，微微搖動，卻哪裡都去不了。不去遠方，不去探險，不去尋找熱鬧，也不去展露光芒。我只能靜靜地跟自己在一起。靜靜地陪伴悲傷的自己，一天一天，慢慢過。

於是我懂得真正的溫柔。

哪裡都不去很好，當一棵大樹也很好。我一直很喜歡一句話：「當下，繁花盛開。」在流了那麼多眼淚，等待了五十年之後，我彷彿見到自己終於長成一棵大樹，即將繁花盛開。

整理定稿的時候，總覺得有很多話想講，後記應該會寫得很長，直到沉澱一個月，想說的好像也沒有那麼多了。只剩下很多感謝。

謝謝我的弟弟瞿欣德，謝謝他忍受我的任性與驕縱，謝謝他總是像哥哥一樣照顧我。

謝謝我的太太莊慧秋，在我撿拾靈魂碎片時，她一直在我身旁。

謝謝小棣老師的序，她見證我從幼稚毛躁，到終於長大。

謝謝有鹿文化的社長許悔之，為我寫了美麗的花箋；謝謝編輯于婷，從《小貓的人生中途週記簿》還只是個想法，就一路相隨；謝謝美編Bianco，我總覺得我們的心是在一起的。

謝謝掛名推薦的王浩威、平路、唐綺陽、張曼娟、彭樹君、曾寶儀、楊双子、萬芳、詹偉雄、韓良憶、盧郁佳，她們都是那麼美好的人，創作出許多閃耀的作品，他們卻對我說：「小貓的文章，當然要推薦。」我看著遠端傳來的訊息，忍不住落淚。

最後，謝謝我的媽媽，卓碧霞，謝謝你給我寶貴生命。養育孩子並不容易，謝謝你最終留在我們身邊。謝謝你的愛。

人生實難，花開有時。眼淚與笑容都是生命的養份，願我們都能成為繁花盛開的大樹。

人生中途週記簿

看世界的方法 226

作者	瞿欣怡
裝幀設計	Bianco Tsai
內頁排版	華漢電腦排版有限公司
責任編輯	魏于婷
董事長	林明燕
副董事長	林良珀
藝術總監	黃寶萍
執行顧問	謝恩仁
社長	許悔之
總編輯	林煜幃
副總編輯	施彥如
美術主編	吳佳璘
主編	魏于婷
行政助理	陳芃妤
策略顧問	黃惠美・郭旭原・郭思敏・郭孟君
顧問	施昇輝・張佳雯・謝恩仁・林志隆
法律顧問	國際通商法律事務所／邵瓊慧律師
出版	有鹿文化事業有限公司
地址	台北市大安區信義路三段106號10樓之4
電話	02-2700-8388
傳真	02-2700-8178
網址	http://www.uniqueroute.com
電子信箱	service@uniqueroute.com
製版印刷	鴻霖印刷傳媒股份有限公司
總經銷	紅螞蟻圖書有限公司
地址	台北市內湖區舊宗路二段121巷19號
電話	02-2795-3656
傳真	02-2795-4100
網址	http://www.e-redant.com

ISBN：978-626-7262-08-5
EISBN：978-626-7262-09-2
初版一刷：2023年4月

定價：420元

國家圖書館出版品預行編目（CIP）資料

人生中途週記簿 / 瞿欣怡著. —— 初版. ——
臺北市：有鹿文化事業有限公司, 2023.04
面； 公分. —（看世界的方法; 226）
ISBN 978-626-7262-08-5（平裝）

863.55 112002763